T R A N Z L A T Y

El idioma es para todos

Dil herkes içindir

Las Aventuras de Alicia en el País de las Maravillas

Alice Harikalar Diyarında Maceraları

Lewis Carroll

Español / Türkçe

Copyright © 2024 Tranzlaty
All rights reserved
Published by Tranzlaty
ISBN: 978-1-83566-873-3
Original text: Alice's Adventures in Wonderland
by Lewis Carroll (1865)
Abridged by Sam'l Gabriel Sons (1916)
www.tranzlaty.com

Por la madriguera del conejo
Tavşan Deliğinden Aşağı

Alicia empezaba a cansarse mucho
Alice çok yorulmaya başlamıştı
Estaba sentada junto a su hermana en el banco de hierba
Çimenlikte kız kardeşinin yanında oturuyordu
Pero ella no tenía nada que hacer
Ama yapacak hiçbir şeyi yoktu
Su hermana estaba leyendo un libro
Kız kardeşi kitap okuyordu
una o dos veces Alicia echó un vistazo al libro
Alice bir ya da iki kez kitaba göz attı
Pero el libro no contenía imágenes ni conversaciones
Ama kitapta ne resim ne de konuşma vardı
«¿De qué sirve un libro sin imágenes?», pensó Alicia
"Resimsiz bir kitap ne işe yarar ki?" diye düşündü Alice
"¿Por qué un libro no tendría conversaciones?"
"Bir kitapta neden hiç konuşma olmaz ki?"
Pero tenía otras cosas que considerar
Ama düşünmesi gereken başka şeyler de vardı
"Hacer una cadena de margaritas sería un placer"
"Papatyalardan zincir yapmak tam bir zevk olurdu"

"¿Pero vale la pena el esfuerzo de levantarse y recoger las margaritas?"

"Ama kalkıp papatyaları toplama çabasına değer mi?"

No era tan fácil pensar en esto

Bunu düşünmek o kadar kolay değildi

porque el día la estaba haciendo sentir somnolienta y estúpida

Çünkü gün onu uykulu ve aptal hissettiriyordu

Pero de repente sus pensamientos se vieron interrumpidos

Ama aniden düşünceleri kesintiye uğradı

un conejo blanco de ojos rosados corrió cerca de ella

pembe gözlü bir Beyaz Tavşan yanına koştu

No había nada demasiado notable en el conejo

Tavşan hakkında aşırı dikkat çekici bir şey yoktu

y Alicia tampoco pensó que el conejo fuera notable

ve Alice de tavşanın olağanüstü olduğunu düşünmüyordu

ni le extrañó que el Conejo hablara

Tavşan'ın konuşması da onu şaşırtmadı

"¡Oh, Dios mío! ¡Llegaré demasiado tarde!", se dijo a sí mismo

"Ah canım! Çok geç kalacağım!" dedi kendi kendine

pero entonces el Conejo hizo algo que los conejos no hacían

ama sonra Tavşan, tavşanların yapmadığı bir şey yaptı

el Conejo sacó un reloj del bolsillo de su chaleco

Tavşan yeleğinin cebinden bir saat çıkardı
Miró la hora y luego se apresuró a seguir adelante
Saate baktı ve sonra aceleyle devam etti
Alicia se puso en pie, asombrada
Alice şaşkınlıkla ayağa kalktı
¡Nunca antes había visto un conejo con chaleco!
Daha önce hiç yelekli bir tavşan görmemişti!
¡Tampoco había visto nunca un conejo con reloj!
ne de saatli bir tavşan görmüştü!
Alicia ardía con una nueva curiosidad
Alice yeni bir merakla yanıp tutuşuyordu
y corrió por el campo tras el Conejo
ve Tavşan'ın peşinden tarlada koştu
Llegó justo a tiempo para ver desaparecer al conejo
Tavşanın ortadan kaybolduğunu görmek için tam
zamanındaydı
El conejo saltó a una gran madriguera
Tavşan büyük bir tavşan deliğine atladı
¡En otro momento, Alicia bajó detrás del conejo!
Başka bir anda, Alice tavşanın peşinden gitti!
La madriguera del conejo seguía recto como un túnel
Tavşan deliği bir tünel gibi dümdüz ilerledi
Y el túnel siguió avanzando a cierta distancia
Ve tünel bir süre daha devam etti
Y entonces el camino de repente se hundió
Ve sonra yol aniden aşağı indi
Alicia no tuvo ni un momento para pensar en detenerse
Alice'in kendini durdurmayı düşünecek bir anı bile yoktu
Se encontró a sí misma cayendo y abajo y abajo
Kendini aşağı, aşağı ve aşağı düşerken buldu
Parecía como si hubiera caído en un pozo muy profundo
Sanki çok derin bir kuyuya düşmüş gibiydi
O el pozo era muy profundo, o ella caía muy lentamente
Ya kuyu çok derindi ya da çok yavaş düştü
porque tenía tiempo de sobra para caer
Çünkü düşmek için bolca zamanı vardı
Mientras caía, podía mirar a su alrededor

Düşerken etrafına bakabiliyordu
Primero, trató de averiguar a dónde iba
Önce nereye gittiğini anlamaya çalıştı
Pero el pozo estaba demasiado oscuro para ver nada
Ama kuyu hiçbir şey göremeyecek kadar karanlıktı
Luego miró a los lados del pozo
Sonra kuyunun kenarlarına baktı
Y se dio cuenta de que había armarios a su alrededor
Ve etrafında dolaplar olduğunu fark etti
y alrededor del pozo había estanterías de libros
Ve kuyunun her tarafı kitap raflarıydı
Aquí y allá veía mapas y cuadros colgados de perchas
Orada burada çivilere asılı haritalar ve resimler gördü
Al pasar, bajó un frasco de una de las estanterías
Geçerken raflardan birinden bir kavanoz çıkardı
El frasco estaba etiquetado por su contenido
Kavanoz, içeriği için etiketlendi
"MERMELADA DE NARANJAS"
"PORTAKALDAN YAPILAN MARMALADE"
**Pero, para su gran decepción, el frasco de mermelada estaba
vacío**
Ancak, büyük hayal kırıklığına uğramasına rağmen, marmelat
kavanozu boştu
No quería dejar caer el tarro de mermelada vacío
Boş marmelat kavanozunu düşürmek istemedi
y su caída fue muy lenta
Ve düşüşü çok yavaştı
**Así que se las arregló para poner el frasco de mermelada en
uno de los armarios**
Böylece marmelat kavanozunu dolaplardan birine koymayı
başardı
¡Abajo, abajo, abajo, ella cae!
Aşağı, aşağı, aşağı düşüyor!
¿Llegaría alguna vez la caída a su fin?
Düşüş hiç sona erecek miydi?
No había nada más que hacer
Yapacak başka bir şey yoktu

así que Alicia pronto empezó a hablar consigo misma
bu yüzden Alice kısa süre sonra kendi kendine konuşmaya
başladı
—¡Dinah me echará mucho de menos esta noche, creo!
"Dinah bu gece beni çok özleyecek, sanırım!"
Dinah era la gata de Alicia
Dina, Alice'in kedisiydi
"Espero que se acuerden de su plato de leche a la hora del té"
"Umarım çay saatinde onun süt tabağını hatırlarlar"
**—¡Dinah, querida, desearía que estuvieras aquí abajo
conmigo!**
"Dinah, canım, keşke burada benimle olsaydın!"
Alicia sintió que se estaba quedando dormida
Alice uyukladığını hissetti
Y de repente, ¡pum! ¡golpe!
Ve sonra aniden, gümbür gümbür! Yumruk!
Cayó sobre un montón de palos
Aşağı bir sopa yığınının üzerine düştü
y aterrizó sobre un montón de hojas secas
Ve bir kuru yaprak yığınının üzerine indi
Y finalmente la larga caída por el agujero había terminado
Ve nihayet delikten aşağı uzun düşüş sona erdi
Alicia no estaba herida en lo más mínimo
Alice biraz incinmedi
Y se levantó de un salto en un momento
Ve bir an içinde ayağa fırladı
Alzó la vista, pero todo estaba oscuro sobre su cabeza
Yukarı baktı ama her yer karanlıktı
Frente a ella había otro largo pasillo
Önünde uzun bir koridor daha vardı
y el Conejo Blanco seguía a la vista
ve Beyaz Tavşan hala görüş alanındaydı
Corría por el pasillo
Koridorda aceleyle ilerliyordu
No había un momento que perder
Kaybedilecek bir an bile yoktu
Alicia salió corriendo como el viento

Alice rüzgar gibi koştu
A la vuelta de la esquina giró el conejo
Köşeyi dönünce tavşan döndü
Llegó justo a tiempo para oír al conejo
Tavşanı duymak için tam zamanındaydı
"Oh, mis orejas y bigotes"
"Ah, kulaklarım ve bıyıklarım"
"¡Qué tarde se está haciendo!"
"Ne kadar geç oluyor!"
Estaba muy cerca del conejo
Tavşanın hemen arkasındaydı
Dobló otra esquina
Başka bir köşeyi döndü
pero el Conejo ya no se dejaba ver
ama Tavşan artık ortalıkta görünmüyordu
Se encontró en un pasillo largo y bajo
Kendini uzun, alçak bir salonda buldu
La sala estaba iluminada por una hilera de lámparas de techo
Salon bir dizi tavan lambası ile aydınlatıldı
Había puertas por todo el pasillo
Salonun her yerinde kapılar vardı
pero todas las puertas estaban cerradas con llave
Ama bütün kapılar kilitliydi
Caminó por un lado del pasillo
Koridorun bir tarafından aşağıya doğru yürüdü
Y ella había caminado todo el camino hasta el otro lado de la sala
Ve koridorun diğer tarafına kadar yürümüştü
Había intentado todas las puertas
Her kapıyı denemişti
Y caminó tristemente por el centro del pasillo
Ve üzgün bir şekilde salonun ortasından aşağı doğru yürüdü
"¿Cómo voy a volver a salir?"
"Bir daha nasıl dışarı çıkacağım?"

De repente se encontró con una mesita

Aniden küçük bir masaya rastladı

La mesa estaba hecha completamente de vidrio macizo

Masa tamamen masif camdan yapılmıştır

No había nada sobre la mesa, excepto una pequeña llave dorada

Masanın üzerinde küçük bir altın anahtardan başka bir şey yoktu

¡La llave podría pertenecer a una de las puertas!

Anahtar kapılardan birine ait olabilir!

Pero, ¡ay! Algunas de las cerraduras eran demasiado grandes para las llaves

Ama ne yazık ki! Bazı kilitler anahtarlar için çok büyüktü

y para las otras cerraduras la llave era demasiado pequeña

Ve diğer kilitler için anahtar çok küçüktü

Pero, en cualquier caso, la llave no abrió ninguna de las puertas

Ama her halükarda, anahtar kapıların hiçbirini açmadı

Pero, ¿qué iba a hacer ella?

Ama ne yapacaktı?

Volvió a atravesar el pasillo

Tekrar koridordan geçti

Y esta vez se fijó en una cortina baja

Ve bu sefer alçak bir perde fark etti
Detrás de la cortina había una puertecita
Perdenin arkasında küçük bir kapı vardı
La puerta tenía unos quince centímetros de alto
Kapı yaklaşık on beş inç yüksekliğindeydi
Probó la pequeña llave dorada en la cerradura
Kilitteki küçük altın anahtarı denedi
Y para su gran deleite, ¡la llave encajó en la cerradura!
Ve onun büyük zevkine göre, anahtar kilide sığdı!
Alicia abrió la puerta
Alice kapıyı açtı
Y encontró que la puerta daba a un pequeño pasillo
Ve kapının küçük bir koridora açıldığını gördü
El corredor no era mucho más grande que una madriguera de ratas
Koridor bir fare deliğinden çok daha büyük değildi
Se arrodilló y miró a lo largo del pasillo
Diz çöktü ve koridor boyunca baktı
Y ella vio el jardín más hermoso que jamás hayas visto
Ve o şimdiye kadar gördüğün en güzel bahçeyi gördü
¡Cómo anhelaba salir de ese oscuro salón
O karanlık salondan çıkmayı ne kadar çok istiyordu
cómo quería vagar entre esas flores brillantes
O parlak çiçeklerin arasında nasıl da dolaşmak istiyordu
¡Qué genial se veían esas fuentes
Bu çeşmeler ne kadar havalı ve ferahlatıcı görünüyordu
Pero ni siquiera podía meter la cabeza por la puerta
Ama başını bile kapıdan içeri sokamıyordu
-¡Oh! -exclamó Alicia con tristeza-
"Ah," dedi Alice kederli bir şekilde
"¡Cómo desearía poder plegarme como un telescopio!"
"Keşke bir teleskop gibi katlanabilseydim!"
"Creo que podría plegarme como un telescopio"
"Teleskop gibi katlanabileceğimi düşünüyorum"
"Si supiera cómo empezar"
"Keşke nasıl başlayacağımı bilseydim"
Alicia volvió a la mesa

Alice masaya geri döndü
Existía la posibilidad de encontrar otra llave
Başka bir anahtar bulma şansı vardı
O podría haber un libro de reglas
Ya da bir kurallar kitabı olabilir
El libro podría decirle cómo plegarse como un telescopio
Kitap ona bir teleskop gibi nasıl katlanacağını anlatabilirdi
Esta vez encontró una botellita
Bu sefer küçük bir şişe buldu
—Esta botella no estaba aquí antes —dijo Alicia—
"Bu şişe kesinlikle daha önce burada değildi," dedi Alice
y atada alrededor del cuello de la botella había una etiqueta de papel
ve şişenin boynuna bağlı bir kağıt etiket vardı
La etiqueta estaba bellamente impresa en letras grandes
Etiket büyük harflerle güzel bir şekilde basılmıştır
"BÉBEME"
"BENI IÇ"
—No, miraré primero —dijo ella—
"Hayır, önce ben bakacağım" dedi
"Veré si la botella está marcada como venenosa o no"
"Şişenin zehirli olarak işaretlenip işaretlenmediğini göreceğim"
porque nunca olvidó la lección sobre el veneno
Çünkü zehirle ilgili dersi asla unutmadı
"Si una botella está etiquetada como venenosa, es probable que no esté de acuerdo contigo"
"Bir şişe zehirli olarak etiketlenirse, sizinle aynı fikirde olmaması kaçınılmazdır"
Sin embargo, esta botella no estaba marcada como venenosa
Ancak, bu şişe zehirli olarak işaretlenmedi
así que Alicia se aventuró a probar el contenido de la botella
bu yüzden Alice şişenin içeriğini tatmaya cesaret etti
Encontró el líquido bastante de su agrado
Sıvıyı oldukça beğenisine göre buldu
La bebida tenía una especie de sabor mezclado
İçeceğin bir çeşit karışık tadı vardı

tarta de cerezas, natillas y piña
Vişneli tart, muhallebi ve ananas
Pavo asado, caramelo y tostadas con mantequilla caliente
Hindi, şekerleme ve sıcak tereyağı ile kızarmış ekmek
Y pronto acabó la botella
Ve kısa süre sonra şişeyi bitirdi
-¡Qué sensación tan curiosa! -exclamó Alicia-
"Ne tuhaf bir duygu!" dedi Alice
"¡Me estoy pliegando como un telescopio!"
"Teleskop gibi katlanıyorum!"
¡Y se estaba pliegando como un telescopio!
Ve gerçekten de bir teleskop gibi katlanıyordu!
Ahora solo medía diez pulgadas de alto
Şimdi sadece on santim boyundaydı
y su rostro se iluminó con sus pensamientos
Ve yüzü düşünceleriyle aydınlandı
Ahora ella tenía el tamaño adecuado para la pequeña puerta
Şimdi küçük kapı için doğru boyuttaydı
Ahora podía entrar en ese hermoso jardín
Artık o güzel bahçeye girebilirdi
Pronto dejó de hacerse más pequeña
Kısa süre sonra küçülmeyi bıraktı
Decidió ir al jardín de inmediato
Hemen bahçeye çıkmaya karar verdi
pero, ¡ay de la pobre Alicia!
ama ne yazık ki zavallı Alice!
Llegó a la puerta
Kapıya geldi
Pero había olvidado la pequeña llave de oro
Ama o küçük altın anahtarı unutmuştu
Volvió a la mesa en busca de la llave
Anahtar için masaya geri döndü
Pero se dio cuenta de que no podía llegar lo suficientemente alto
Ama yeterince yükseğe ulaşamadığını fark etti
Podía ver la llave claramente a través del cristal
Anahtarı camdan oldukça net bir şekilde görebiliyordu

Trató de trepar por las patas de la mesa
Masanın bacaklarına tırmanmaya çalıştı
Pero el cristal era demasiado resbaladizo
ama cam çok kaygandı
Con el tiempo se cansó de intentarlo
Sonunda denemekten kendini yordu
Y la pobre niña se sentó y lloró
Ve zavallı küçük kız oturdu ve ağladı
Alicia se habló a sí misma con bastante brusquedad
Alice kendi kendine oldukça sert bir şekilde konuştu
"¡Vamos, no sirve de nada llorar así!"
"Gel, böyle ağlamanın faydası yok!"
"¡Te aconsejo que te detengas ahora mismo!"
"Şu anda durmanı tavsiye ederim!"
En general, se daba muy buenos consejos
Genelde kendine çok iyi tavsiyeler verirdi
aunque muy rara vez seguía sus propios consejos
Yine de çok nadiren kendi tavsiyesine uydu
Y a veces era demasiado dura consigo misma
Ve bazen kendine karşı çok sertti
y sus palabras hicieron que se le llenaran los ojos de lágrimas
Ve sözleri gözlerine yaş getirdi
Pronto sus ojos se posaron en una cajita de cristal
Kısa süre sonra gözü küçük bir cam kutuya takıldı
La cajita de cristal estaba debajo de la mesa
Küçük cam kutu masanın altında yatıyordu
En la caja de cristal había un pastel muy pequeño
Cam kutunun içinde çok küçük bir pasta vardı
En el pastel, algunas palabras estaban bellamente escritas
Pastanın üzerine bazı kelimeler çok güzel yazılmıştı
Las palabras habían sido marcadas con grosellas
Kelimeler kuş üzümü ile işaretlenmişti
"CÓMEME"
"Ye beni"
—Bueno, me comeré el pastel —dijo Alicia—
"Pekala, pastayı yiyeceğim," dedi Alice

"y si el pastel me hace crecer, puedo llegar a la llave"
"ve eğer pasta beni büyütürse, anahtara ulaşabilirim"
"y si el pastel me hace más pequeño, puedo arrastrarme por debajo de la puerta"
"ve eğer pasta beni küçültürse, kapının altına sürünebilirim"
"así que de cualquier manera me meteré en el jardín"
"yani her iki durumda da bahçeye gireceğim"
"¡Y no me importa cuál de los dos suceda!"
"ve ikisinden hangisinin olduğu umurumda değil!"
Se comió un pedacito del pastel
Pastadan biraz yedi
Y se habló a sí misma con ansiedad:
Ve endişeyle kendi kendine konuştu:
—¿De qué manera? ¿Hacia dónde?
"Hangi taraftan? Hangi taraftan?"
Y se llevó la mano a la cabeza
Ve elini başının üzerinde tuttu
Quería sentir de qué manera estaba creciendo
Hangi şekilde büyüdüğünü hissetmek istedi
Se sorprendió bastante al descubrir lo que había sucedido
Ne olduğunu öğrenince oldukça şaşırdı
¡Había permanecido del mismo tamaño!
Aynı boyutta kalmıştı!
Así que esta vez redobló sus esfuerzos
Bu yüzden bu sefer çabalarını ikiye katladı
Y pronto terminó todo el pastel
Ve kısa süre sonra bütün pastayı bitirdi

El charco de lágrimas

Gözyaşı Havuzu

-¡Esto se está poniendo cada vez más interesante! -exclamó
Alicia-
"Bu gittikçe daha ilginç hale geliyor!" diye bağırdı Alice
Se puede ver que estaba muy sorprendida
Gördüğünüz gibi çok şaşırmıştı
**"¡Me estoy abriendo como el telescopio más grande que
jamás haya existido!"**
"Şimdiye kadar var olan en büyük teleskop gibi açılıyorum!"
—¡Adiós, pies! ¡Oh, mis pobres piecitos!
"Güle güle ayaklar! Ah, benim zavallı küçük ayaklarım"
**"Me pregunto quién se pondrá sus zapatos por ustedes
ahora, queridos".**
"Acaba şimdi sizin için ayakkabılarınızı kim giyecek
canlarım?"
—¿Y me pregunto quién se pondrá las medias?
"ve merak ediyorum çoraplarını kim giyecek?"
"Estaré demasiado lejos"
"Çok uzakta olacağım"
"No podré preocuparme más por ti"
"Artık senin için kendimi rahatsız edemeyeceğim"
Justo en ese momento su cabeza golpeó contra algo
Tam o anda başı bir şeye çarptı
Había llegado al techo de la sala
Salonun çatısına ulaşmıştı
De hecho, ahora medía más de dos metros de altura
Aslında, şimdi iki metreden daha uzundu
Y al instante tomó la pequeña llave de oro
Ve hemen küçük altın anahtarı aldı
Y se apresuró a llegar a la puerta del jardín
Ve aceleyle bahçe kapısına gitti
¡Pobre Alicia! No había mucho que pudiera hacer
Zavallı Alice! Yapabileceği pek bir şey yoktu
Se acostó de lado
Bir tarafa uzandı
Y miró al jardín con un ojo

Ve tek gözüyle bahçeye baktı
Pero salir adelante era más desesperado que nunca
Ama üstesinden gelmek her zamankinden daha umutsuzdu
Se sentó y comenzó a llorar de nuevo
Oturdu ve tekrar ağlamaya başladı
Siguió derramando galones de lágrimas
Galonlarca gözyaşı dökmeye devam etti
Pronto había un gran estanque a su alrededor
Kısa süre sonra etrafında büyük bir havuz vardı
Y el agua llegaba hasta la mitad del pasillo
ve su koridorun yarısına kadar ulaştı
Al cabo de un rato, oyó un pequeño golpeteo de pies
Bir süre sonra, küçük bir ayak pırıltısı duydu
Oyó los pasos que venían de lejos
Uzaklardan gelen ayakların sesini duydu
Y se secó los ojos apresuradamente para ver lo que venía
Ve ne olacağını görmek için aceleyle gözlerini kuruladı
Era el Conejo Blanco que regresaba
Geri dönen Beyaz Tavşan'dı
Iba espléndidamente vestido
Muhteşem bir şekilde giyinmişti
Tenía un par de guantes blancos en una mano
Bir elinde bir çift beyaz eldiven vardı
y tenía un gran abanico de plumas en la otra mano
Diğer elinde de büyük bir tüy yelpaze vardı
Llegó trotando a toda prisa
Büyük bir telaşla tırıs tırıs geldi
y murmuró para sí: "¡Oh! ¡La duquesa, la duquesa!
ve kendi kendine mırıldandı, "Ah! Düşes, Düşes!"
—¡Oh! ¡No será salvaje si la he hecho esperar!
"Eyvah! Onu bekletseydim vahşi olmaz mı?"

Cuando el Conejo se acercó a ella, Alicia habló
Tavşan ona yaklaştığında Alice konuştu
Pero ella hablaba en voz baja y tímida
Ama alçak, ürkek bir sesle konuştu
"Señor, por favor, deje de hacer lo que está haciendo por un momento"
"Efendim, lütfen bir an için yaptığınız şeyi durdurun"
El Conejo se sobresaltó violentamente
Tavşan şiddetle irkildi
Dejó caer los guantes blancos y el abanico de plumas
Beyaz eldivenleri ve tüy yelpazeyi düşürdü
Y se escabulló en la oscuridad lo más rápido que pudo
Ve elinden geldiğince hızlı bir şekilde karanlığa doğru koştu
Alicia recogió el abanico de plumas y los guantes
Alice tüy yelpazeyi ve eldivenleri aldı
Y no paraba de abanicarse mientras seguía hablando
Ve konuşmaya devam ederken kendini yelpazelemeye devam etti

"¡Querido, querido! ¡Qué extraño es todo hoy!"
"Canım, canım! Bugün her şey ne kadar garip!"
"Ayer las cosas siguieron como siempre"
"Dün her şey her zamanki gibi devam etti"
—¿Era yo el mismo cuando me levanté esta mañana?
"Bu sabah kalktığımda ben de aynı mıydım?"
"Pero si no soy el mismo, hay otra cuestión"
"Ama eğer aynı değilsem, başka bir soru var"
"¿Quién demonios soy yo?"
"Dünyada ben kimim?"
"¡Ah, ese es el gran rompecabezas!"
"Ah, işte büyük bulmaca bu!"
Al decir esto, se miró las manos
Bunu söylerken ellerine baktı
Llevaba uno de los Conejos, gusanos blancos
Tavşanların küçük beyaz eldivenlerinden birini giyiyordu
**No se había dado cuenta de que se había puesto el guante
mientras hablaba**
Konuşurken eldiveni giydiğini fark etmemişti
"¿Cómo pude haber hecho eso?", pensó
"Bunu nasıl yapmış olabilirim?" diye düşündü
"Debo estar haciéndome pequeño otra vez"
"Yine küçülüyor olmalıyım"
Se levantó y se acercó a la mesa para medir su altura
Ayağa kalktı ve boyunu ölçmek için masaya gitti
**Descubrió que ahora medía aproximadamente medio metro
de altura**
Şimdi yaklaşık yarım metre boyunda olduğunu fark etti
Y ella seguía encogiéndose rápidamente
Ve hala hızla küçülüyordu
Pronto descubrió cuál era la causa del encogimiento
Kısa süre sonra küçülmenin sebebinin ne olduğunu öğrendi
**¡El abanico de plumas la estaba haciendo más pequeña de
nuevo!**
Tüy fanı onu tekrar küçültüyordu!
Y dejó caer el abanico de plumas apresuradamente
Ve tüy fanını aceleyle düşürdü

Dejó caer el abanico de plumas justo a tiempo para salvarse
Kendini kurtarmak için tüy fanını tam zamanında düşürdü
Si se hubiera abanicado por más tiempo, se habría encogido por completo
Kendini daha fazla havalandırsaydı, tamamen küçülürdü
-¡Ha sido una fuga por los pelos! -dijo Alicia-
"Kıl payı bir kaçış oldu!" dedi Alice
Y se asustó mucho ante el cambio repentino
Ve bu ani değişimden çok korkmuştu
pero estaba muy contenta de encontrarse todavía en existencia
Ama kendini hala var olduğu için çok mutluydu
—¡Y ahora, al jardín!
"Ve şimdi, bahçeye!"
Y corrió a toda prisa hacia la puertecita
Ve tüm hızıyla küçük kapıya geri döndü
Pero, ¡ay! La puertecita se cerró de nuevo
Ama ne yazık ki! Küçük kapı tekrar kapandı
Y la pequeña llave de oro volvía a estar sobre la mesa de cristal
Ve küçük altın anahtar yine cam masanın üzerinde yatıyordu
"Las cosas están peor que nunca", pensó el pobre niño
"Her şey her zamankinden daha kötü," diye düşündü zavallı çocuk
"Nunca antes había sido tan pequeño como esto, ¡nunca!"
"Daha önce hiç bu kadar küçük olmamıştım, asla!"
Al decir estas palabras, su pie resbaló
Bu sözleri söylerken ayağı kaydı
¡Y en otro momento hubo un gran chapoteo!
Ve başka bir anda büyük bir sıçrama oldu!
Estaba sumergida en agua salada hasta la barbilla
Çenesine kadar tuzlu suyun içindeydi
Su primera idea fue que de alguna manera había caído al mar
İlk fikri, bir şekilde denize düştüğüydü
Sin embargo, pronto se dio cuenta de en qué estaba metida
Ancak kısa süre sonra ne içinde olduğunu anladı

Estaba en un charco de lágrimas

Gözyaşı havuzunun içindeydi

las lágrimas que había llorado cuando tenía dos metros de altura

İki metre boyunda olduğu zaman döktüğü gözyaşları

Justo en ese momento escuchó algo

Tam o sırada bir şey duydu

Algo chapoteaba en la piscina

Havuzda bir şey sıçrıyordu

El chapoteo venía de un poco más lejos

Sıçrama biraz öteden geldi

Y se acercó nadando para ver qué era el chapoteo

Ve su sıçramasının ne olduğunu görmek için daha da yaklaştı

Pronto vio que era solo un ratoncito

Kısa süre sonra onun sadece küçük bir fare olduğunu gördü

El ratoncito también se había metido en el agua

Küçük fare de suya girmişti

Alicia pensó para sí misma sobre la situación

Alice kendi kendine durum hakkında düşündü

—¿Serviría de algo hablar con este ratón?

"Bu fareyle konuşmanın bir faydası olur mu?"
"Aquí todo está tan al revés"
"Burada her şey çok tepetaklak"
"Creo que es muy probable que este ratón pueda hablar"
"Bu farenin konuşabilme ihtimalinin çok yüksek olduğunu
düşünmeliyim"
"En cualquier caso, no hay nada de malo en intentarlo"
"Her halükarda denemekten zarar gelmez"
Así que empezó a tratar de hablar con el ratón
Bu yüzden fareyle konuşmaya başladı
"Oh Ratón, ¿conoces la forma de salir de esta piscina?"
"Ah Fare, bu havuzdan çıkış yolunu biliyor musun?"
—¡Estoy muy cansado de nadar por aquí, oh ratón!
"Burada yüzmekten çok yoruldum, Ah Fare!"
El ratón la miró con curiosidad
Fare ona oldukça meraklı bir şekilde baktı
El ratón parecía guiñar un ojo con uno de sus ojitos
Fare küçük gözlerinden biriyle göz kırpıyor gibiydi
Pero el ratoncito no dijo nada
Ama küçük fare hiçbir şey söylemedi
"A lo mejor el ratón no entiende inglés", pensó Alicia
"Belki de fare İngilizceyi anlamıyordur," diye düşündü Alice
"Me atrevo a decir que es un ratón francés"
"Bunun bir Fransız faresi olduğunu söylemeye cüret
ediyorum"
"tal vez este ratón vino con Guillermo el Conquistador"
"belki de bu fare Fatih William ile birlikte geldi"
Así que empezó de nuevo, en francés
Bu yüzden tekrar başladı, Fransızca
"¿Dónde está mi gato?", preguntó en francés
"Kedim nerede?" diye Fransızca sordu
era la primera frase de su libro de clases de francés
Fransızca ders kitabındaki ilk cümleydi
El Ratón dio un súbito salto fuera del agua
Fare sudan ani bir sıçrayış yaptı
y el ratón pareció temblar de miedo
Ve fare korkudan titriyor gibiydi

-¡Oh, le ruego que me perdone! -exclamó Alicia
apresuradamente-
"Ah, özür dilerim!" diye bağırdı Alice aceleyle.
Temía haber herido los sentimientos del pobre animal
Zavallı hayvanın duygularını incittiğinden korkuyordu
"Olvidé que no te gustaban los gatos"
"Kedileri sevmediğini unuttum"
—¡No me gustan los gatos! —exclamó el ratón con voz
estridente y apasionada—
"Kedileri sevmem!" diye bağırdı Fare tiz, tutkulu bir sesle
—¿Te gustaría tener gatos, si fueras yo?
"Benim yerimde olsaydın kedi ister miydin?"
Alicia consoló al ratón en un tono tranquilizador
Alice fareyi yatıştırıcı bir tonda rahatlattı
"Bueno, tal vez a mí tampoco me gustarían los gatos si fuera
tú"
"Eh, belki ben de senin yerinde olsam kedileri sevmezdim"
"Por favor, no te enfades por la mención de los gatos"
"KEDİLERDEN BAHSEDİLDİĞİ İÇİN LÜTFEN
SINIRLENMEYIN"
"Y, sin embargo, desearía poder mostrarte a nuestra gata
Dinah"
"Ama yine de keşke sana kedimiz Dinah'ı gösterebilseydim"
"Si la conocieras, creo que te encapricharías de los gatos"
"Onunla tanışsaydınız, kedilere ilgi duyardınız diye
düşünüyorum"
"Si tan solo pudieras verla"
"Keşke onu görebilseydin"
"Es una cosa tan querida y tranquila"
"O çok sevgili, sessiz bir şey"
El ratón temblaba por todas partes
Farenin her yeri titriyordu
Alicia estaba segura de que el ratón debía de estar realmente
ofendido
Alice, farenin gerçekten gücenmiş olması gerektiğinden
emindi
"No hablaremos más de ella, si prefieres no hacerlo"

"Eğer istemezsen, onun hakkında daha fazla konuşmayacağız."
-¡Nosotros, en efecto! -exclamó el Ratón-
"Biz, gerçekten!" diye bağırdı Fare
El ratón temblaba hasta la punta de la cola
Fare kuyruğunun sonuna kadar titriyordu
—¡Como si fuera a hablar de un tema así!
"Sanki böyle bir konuda konuşacakmışım gibi!"
Nuestra familia siempre odió a los gatos
"Ailemiz kedilerden her zaman nefret ederdi"
Gatos; ¡Cosas desagradables, bajas, vulgares!
"Kediler; , alçak, bayağı şeyler!"
¡No dejes que vuelva a escuchar el nombre!
"Adını bir daha duymama izin verme!"
-¡No volveré a hablar de los gatos! -dijo Alicia-
"Kedilerden bir daha bahsetmeyeceğim aslında!" dedi Alice
Tenía mucha prisa por cambiar de tema
Konuyu değiştirmek için büyük bir acele içindeydi
¿Eres tú... ¿Te gustan los perros?
"Sen misin... Köpeklere düşkün müsün?"
Hay un perrito tan simpático cerca de nuestra casa
"Evimizin yakınında çok güzel bir köpek var"
—¡Me gustaría enseñarte el perrito!
"Sana küçük köpeği göstermek istiyorum!"
Este perrito mata a todas las ratas y...
"Bu küçük köpek tüm fareleri öldürüyor ve...
-¡Oh, querida! -exclamó Alicia en tono triste-
"Ah, canım!" diye bağırdı Alice kederli bir ses tonuyla
¡Me temo que te he ofendido de nuevo!
"Korkarım seni yine gücendirdim!"
El ratón se alejaba nadando de ella tan rápido como podía
Fare ondan gidebildiği kadar hızlı yüzerek uzaklaşıyordu
y el ratón hizo un gran alboroto en la piscina
Ve fare havuzda oldukça kargaşa yarattı
Así que llamó suavemente al ratón
Bu yüzden farenin ardından usulca seslendi
"¡Mi querido ratón, por favor vuelve!"

"Sevgili farem, lütfen geri dön!"
"Y no hablaremos de gatos"
"Ve kediler hakkında konuşmayacağız"
"Y tampoco tenemos que hablar de perros"
"Köpekler hakkında da konuşmak zorunda değiliz"
Cuando el ratón escuchó esto, se dio la vuelta
Fare bunu duyunca arkasını döndü
Y el ratoncito nadó lentamente de regreso a ella
Ve küçük fare yavaşça ona doğru yüzdü
La cara del ratón estaba bastante pálida
Farenin yüzü oldukça solgundu
Y el ratón habló, en voz baja y temblorosa
Ve fare alçak, titreyen bir sesle konuştu
"Vamos a la orilla"
"Kıyıya çıkalım"
"y luego te contaré mi historia"
"ve sonra sana tarihimi anlatacağım"
"y entenderás por qué odio a los gatos y a los perros"
"ve neden kedilerden ve köpeklerden nefret ettiğimi
anlayacaksın"
Ya era hora de partir
Gitme zamanı gelmişti
porque la piscina se estaba llenando bastante
Çünkü havuz oldukça kalabalık olmaya başlamıştı
Otros pájaros y animales habían caído en el estanque
Diğer kuşlar ve hayvanlar havuza düşmüştü
había un pato y un dodo
bir Ördek ve bir Dodo vardı
y había un pájaro lori y un aguilucho
ve bir Lory kuşu ve bir Eaglet vardı
Y había varias otras criaturas de aspecto interesante
Ve birkaç başka ilginç görünümlü yaratık daha vardı
Alicia abrió el camino para salir de la piscina
Alice havuzdan çıkış yolunu gösterdi
Y todo el grupo de animales nadó hasta la orilla
Ve bütün hayvan grubu kıyıya yüzdü

Una carrera de caucus y una larga cola
Bir grup toplantısı yarışı ve uzun bir kuyruk
De hecho, eran un grupo de animales de aspecto gracioso
Gerçekten de komik görünümlü bir hayvan sürüsüydüler
Y todos se reunieron a la orilla del agua
Ve hepsi suyun kıyısında toplandılar
Todos los pájaros tenían las plumas desaliñadas
Kuşların hepsinin tüyleri kıvrılmış
y los animales peludos estaban empapados
ve tüylü hayvanlar sırılsıklam oldu
y todos estaban empapados, molestos e incómodos
ve hepsi ıslak, sinirli ve rahatsız oluyordu

Había una pregunta que había que responder primero
Öncelikle cevaplanması gereken bir soru vardı
¿Cuál es la mejor manera de que todos se sequen?
Herkesin kuruması için en iyi yol nedir?
Tuvieron una consulta sobre este asunto
Bu konuda bir istişarede bulundular
Pronto todos se sintieron en términos familiares

Kısa süre sonra hepsi tanıdık şartlardaydı
Era como si los conociera de toda la vida
Sanki onları tüm hayatı boyunca tanıyormuş gibiydi
El ratón parecía ser una persona de cierta autoridad
Fare bir otoriteye sahip bir kişi gibi görünüyordu
"¡Siéntense todos y escúchenme!
"Hepiniz oturun ve beni dinleyin!
"¡Pronto los volveré a secar!"
"Yakında hepinizi tekrar kurutacağım!"
Se sentaron todos a la vez, en un gran círculo
Hepsi aynı anda büyük bir halka halinde oturdular
y el ratoncito se sentó en el medio
Ve küçük fare ortada oturuyordu
—¡Ejem! —dijo el ratón con aire importante—
"Ahem!" dedi fare önemli bir havayla
"¿Están todos listos?"
"Hepiniz hazır mısınız?"
"Esto es lo más seco que conozco"
"Bu bildiğim en kuru şey"
—¡Silencio por todas partes, por favor!
"Lütfen, her yerde sessizlik var!"
"Guillermo el Conquistador fue favorecido por el Papa"
"Fatih William, papa tarafından tercih edildi"
"pero pronto fue sometido por los ingleses"
"ama kısa süre sonra İngilizler tarafından teslim edildi"
"Últimamente querían líderes"
"Son zamanlarda lider istediler"
"Y se habían acostumbrado al poder y a la conquista"
"ve onlar güce ve fetihlere alışmışlardı"
"Edwin y Morcar, los condes de Mercia y Northumbria"
"Edwin ve Morcar, Mercia ve Northumbria Kontları"
—¡Uf! —exclamó el pájaro lori con un escalofrío—
"Ah!" dedi lori kuşu titreyerek
"e incluso Stigand, el patriota arzobispo de Canterbury"
"ve hatta Canterbury'nin vatansever başpiskoposu Stigand"
"A él también le pareció aconsejable"
"O da uygun buldu"

-¿Qué le pareció aconsejable? -dijo el pato-
"Neyi uygun buldu?" dedi ördek
—Le pareció aconsejable —replicó el ratón con cierto enfado—
"Uygun buldu," diye yanıtladı fare oldukça çapraz bir şekilde
Pero el pato no estaba satisfecho
Ama ördek tatmin olmadı
"Por supuesto, ya sabes lo que significa"
"Tabii ki, 'o'nun ne anlama geldiğini biliyorsun"
—**Sé lo que es cuando encuentro una cosa** —dijo el pato—
"Bir şey bulduğumda 'o'nun ne olduğunu biliyorum," dedi ördek
"Generalmente es una rana o un gusano"
"Genellikle bir kurbağa ya da solucandır"
"La pregunta es, ¿qué encontró el arzobispo?"
"Soru şu ki, başpiskopos ne buldu?"
El ratón no se dio cuenta de esta pregunta
Fare bu soruyu fark etmedi
En cambio, el ratón continuó apresuradamente con el discurso
Bunun yerine, fare aceleyle konuşmaya devam etti
"le pareció aconsejable ir con Edgar Atheling"
"Edgar Atheling ile gitmeyi uygun buldu"
"para encontrarme con Guillermo y ofrecerle la corona"
"William'la tanışmak ve ona tacı teklif etmek"
el ratón continuó, volviéndose hacia Alicia mientras hablaba
fare konuşurken Alice'e dönerek devam etti
—**¿Cómo te va ahora, querida?**
"Şimdi nasılsın canım?"
—**Tan mojado como siempre** —dijo Alicia en tono melancólico—
"Her zamanki gibi ıslak," dedi Alice melankolik bir ses tonuyla
"Esta historia no parece que me seque en absoluto"
"Bu hikaye beni hiç kurutmuyor gibi görünüyor"
—**En ese caso** —dijo solemnemente el dodo, poniéndose en pie—
"O zaman," dedi dodo ciddiyetle, ayağa kalkarak

"Voto que se levante la sesión"
"Toplantının ertelenmesini oylarım"
"y propongo la adopción inmediata de remedios más enérgicos"
"ve daha enerjik ilaçların derhal benimsenmesini öneriyorum"
—**¡Di palabras de verdad!** —dijo el aguilucho—
"Gerçek sözler söyle!" dedi kartal
"No conozco el significado de la mitad de esas palabras largas"
"Bu uzun kelimelerin yarısının anlamını bilmiyorum"
—**¡Y, lo que es más, tampoco creo que tú lo sepas!**
"Ve dahası, senin de bildiğine inanmıyorum!"
—**Lo que iba a decir** —dijo el dodo en tono ofendido—
"Ne diyecektim," dedi dodo kırgın bir ses tonuyla
"Lo mejor para deshacernos sería una contienda electoral"
"Bizi kurutmak için en iyi şey bir grup toplantısı olur"
—**¿Qué es una contienda electoral?** —preguntó Alicia
"Kurultay yarışı nedir?" diye sordu Alice

—Bueno —dijo el dodo—, la mejor manera de explicarlo es hacerlo.

"Eh," dedi dodo, "bunu açıklamanın en iyi yolu bunu yapmaktır."

"Primero el dodo trazó un hipódromo"

"Önce dodo bir yarış parkuru belirledi"

"La pista estaba en una especie de círculo"

"Pist bir tür daire içindeydi"

"Y luego todo el grupo se colocó a lo largo del recorrido"

"Ve sonra tüm parti rota boyunca yerleştirildi"

No hubo "¡Uno, dos, tres y fuera!"

"Bir, iki, üç ve uzakta!" yoktu.

pero empezaron a correr cuando quisieron

Ama istedikleri zaman koşmaya başladılar

Y también terminaban cuando querían

Ve onlar da istedikleri zaman bitirdiler

Así que no era fácil saber cuándo había terminado la carrera

Bu yüzden yarışın ne zaman bittiğini bilmek kolay değildi

Después de media hora más o menos de correr, todos estaban bastante secos

Yarım saat kadar çalıştıktan sonra hepsi oldukça kurumuştu

el dodo gritó de repente: "¡La carrera ha terminado!"

Dodo aniden seslendi, "Yarış bitti!"

Y todos se agolparon alrededor del dodo

Ve hepsi dodo'nun etrafında toplandı

Todos los animales jadeaban y resoplaban

Bütün hayvanlar nefes nefese kalıyor ve şişiyordu

y todos querían saber: "¿Pero quién ha ganado?"

ve hepsi bilmek istedi, "Ama kim kazandı?"

El dodo no pudo responder de inmediato a esta pregunta

Dodo'nun hemen cevaplayamadığı bu soru

Primero tuvo que pensar mucho

Önce çok fazla düşünmesi gerekiyordu

Después de pensarlo mucho, el Dodo finalmente habló

Çok düşündükten sonra Dodo nihayet konuştu

"Todos han ganado y todos deben tener premios"

"Herkes kazandı ve herkesin ödülleri olmalı"
"¿Pero quién va a dar los premios?", preguntó un coro de voces
"Ama ödülleri kim verecek?" diye sordu bir ses korosu
—Bueno, ella, por supuesto —dijo el dodo—
"Eh, tabii ki o," dedi dodo
y el dodo señaló con un dedo a Alicia
ve dodo bir parmağıyla Alice'i işaret etti
y todo el grupo de animales se agolpó a su alrededor
ve bütün hayvan partisi onun etrafında toplandı
gritaron, de manera confusa: "¡Premios! ¡Premios!"
şaşkın bir şekilde bağırdılar, "Ödüller! Ödüller!"
Alicia no tenía ni idea de qué hacer
Alice'in ne yapacağı hakkında hiçbir fikri yoktu
Desesperada, se metió la mano en el bolsillo
Umutsuzluk içinde elini cebine soktu
Y sacó una caja de dulces
Ve bir kutu şeker çıkardı
Por suerte, el agua salada no había entrado en la caja
Neyse ki tuzlu su kutuya girmemişti
Y repartió los dulces como premios
Ve şekerleri ödül olarak dağıttı
Había exactamente una pieza para todos
Herkes için tam olarak bir parça vardı
Lo siguiente que tenían que hacer era comer los dulces
Yapmaları gereken bir sonraki şey tatlıları yemekti
Esto causó algo de ruido y confusión
Bu biraz gürültü ve karışıklığa neden oldu
Los grandes pájaros se quejaban de que no podían saborear sus dulces
Büyük kuşlar tatlılarının tadına bakamadıklarından şikayet ettiler
Los pequeños se ahogaron y hubo que darles palmaditas en la espalda
Küçük olanlar boğuldu ve sırtlarının sıvazlanması gerekiyordu
Sin embargo, al fin se acabó

Ancak, sonunda bitti
y se sentaron de nuevo en un anillo
Ve tekrar bir ringe oturdular
Y le rogaron al ratón que les dijera algo más
Ve fareye onlara bir şey daha söylemesi için yalvardılar
—Prometiste contarme tu historia, ¿sabes? —dijo Alicia—
"Bana geçmişini anlatacağına söz vermiştin, biliyorsun," dedi
Alice
**E hizo otro pequeño comentario sobre los gatos en un
susurro**
Ve fısıldayarak kediler hakkında küçük bir açıklama daha
yaptı
No quería volver a ofender al ratón
Fareyi tekrar gücendirmek istemedi
el ratoncito se volvió hacia Alicia y suspiró
küçük fare Alice'e döndü ve içini çekti
—¡La mía es una larga y triste historia!
"Benimki uzun ve hüzünlü bir hikaye!"
—Es una cola larga, sin duda —dijo Alicia—
"Kesinlikle uzun bir kuyruk," dedi Alice
Y miró con asombro la cola del ratón
Ve farenin kuyruğuna şaşkınlıkla baktı
—¿Pero por qué le llamas cola triste?
"Ama neden buna üzgün bir kuyruk diyorsun?"
**Y ella seguía desconcertada al respecto mientras el ratón
hablaba**
Ve fare konuşurken bu konuda kafa yormaya devam etti
de modo que su idea del cuento era más o menos así
Böylece masal hakkındaki fikri şöyle bir şeydi

"Fury said to
       a mouse, That
         he met in the
           house, 'Let
             us both go
               to law: *I*
               will prosecute
               you.—
               Come, I'll
             take no denial:
           We must have
         the trial;
       For really
     this morning
   I've
  nothing
  to do.'
     Said the
       mouse to
         the cur,
             'Such a
               trial, dear
                 sir, With
                     no jury
                       or judge,
                         would
                         be wasting
                       our
                     breath.'
                   'I'll be
                 judge,
               I'll be
             jury,'
           said
         cunning
           old
             Fury;
             'I'll
               try
                 the
                   whole
                     cause,
                       and
                     condemn
                   you to
               death.'"

Furia le dijo a un ratón: "Que se encontró en la casa"
Fury bir fareye, 'Evde tanıştığını' dedi.
Vayamos los dos a la ley: yo te procesaré
İkimiz de hukuka gidelim: Seni yargılayacağım
Vamos, no aceptaré ninguna negación: debemos tener el juicio
Gelin, inkar etmeyeceğim: Yargılanmalıyız
Porque realmente esta mañana no tengo nada que hacer
Gerçekten bu sabah yapacak hiçbir şeyim yok
Dijo el ratón al cur;
Fare cur'a dedi ki;

Un juicio así, querido señor, sin jurado ni juez, sería una pérdida de aliento

Sevgili efendim, Jüri veya yargıç olmadan böyle bir duruşma nefesimizi boşa harcardı

—Seré juez, seré jurado —dijo el astuto viejo Fury—

"Yargıç olacağım, jüri olacağım," dedi kurnaz yaşlı Fury

Juzgaré toda la causa y te condenaré a muerte

Bütün davayı deneyeceğim ve seni ölüme mahkum edeceğim

el ratón le habló severamente a Alicia

fare Alice'e sert bir şekilde konuştu

"¡No estás prestando atención!"

"Dikkat etmiyorsun!"

—¿En qué estás pensando?

"Ne düşünüyorsun?"

—Le ruego que me perdone —dijo Alicia muy humildemente—

"Özür dilerim," dedi Alice alçakgönüllülükle

– ¿Habías llegado a la quinta curva, creo?

"Beşinci viraja gelmiştin galiba?"

"¡Me insultas diciendo tales tonterías!"

"Böyle saçma sapan konuşarak bana hakaret ediyorsun!"

Y el ratón se levantó y se alejó

Ve fare ayağa kalktı ve uzaklaştı

Alicia llamó al ratoncito

Alice küçük farenin adını verdi

"¡Por favor, regresa y termina tu historia!"

"Lütfen geri dönün ve hikayenizi bitirin!"

Y todos los demás se unieron a coro

Ve diğerleri de koroya katıldı

"¡Sí, por favor, termine su historia!"

"Evet, lütfen hikayenizi bitirin!"

Pero el ratón se limitó a negar con la cabeza con impaciencia

Ama fare sadece sabırsızlıkla başını salladı

Y el ratoncito caminó un poco más rápido

Ve küçük fare biraz daha hızlı yürüdü

—¡Ojalá tuviera aquí a Dinah, nuestra gata! —dijo Alicia—

"Keşke kedimiz Dinah da burada olsaydı!" dedi Alice

Esto causó una notable sensación entre el grupo
Bu, parti arasında dikkate değer bir sansasyon yarattı
Algunos de los pájaros se apresuraron a huir de inmediato
Bazı kuşlar hemen aceleyle kaçtı
y un canario gritó con voz temblorosa a sus hijos;
ve bir Kanarya titreyen bir sesle çocuklarına seslendi;
—¡Váyanse, queridos míos!
"Uzaklaşın canlarım!"
"¡Ya es hora de que estén todos en la cama!"
"Hepinizin yatakta olmasının tam zamanı!"
Con varias excusas se fueron todos
Çeşitli bahanelerle hepsi gitti
y Alicia no tardó en quedarse sola
ve Alice kısa süre sonra yalnız kaldı
—¡Ojalá no hubiera mencionado a Dinah!
"Keşke Dinah'dan bahsetmeseydim!"
"Parece que a nadie le gusta aquí abajo"
"Burada kimse ondan hoşlanmıyor gibi görünüyor"
—¡Pero estoy seguro de que es la mejor gata del mundo!
"Ama eminim ki o dünyanın en iyi kedisi!"
La pobre Alicia se echó a llorar de nuevo
Zavallı Alice tekrar ağlamaya başladı
porque se sentía muy sola y desanimada
Çünkü kendini çok yalnız ve moralsiz hissediyordu
Al cabo de un rato, sin embargo, volvió a oír algo
Ancak kısa bir süre sonra yine bir şey duydu
un pequeño golpeteo de pasos a lo lejos
Uzakta küçük bir ayak sesi
Y ella miró hacia arriba ansiosamente
Ve hevesle yukarı baktı

El conejo manda al pequeño Sr. Bill
Tavşan küçük Bay Bill'i içeri gönderir

Era el conejo blanco, que volvía trotando lentamente
Bu, yavaşça geri dönen beyaz tavşandı
Miraba a su alrededor ansiosamente mientras se alejaba
Giderken endişeyle etrafa bakıyordu
Parecía como si hubiera perdido algo
Sanki bir şey kaybetmiş gibi görünüyordu
Alicia le oyó murmurar para sí misma
Alice onun kendi kendine mırıldandığını duydu
—¡La duquesa! ¡La duquesa! ¡Oh, mis queridas patas!
"Düşes! Düşes! Ah, sevgili pençelerim!"
—¡Oh, mi pelo y mis bigotes!
"Ah, kürküm ve bıyıklarım!"
"Ella hará que me ejecuten, estoy seguro de eso"
"Beni idam ettirecek, bundan eminim"
—¡Tan cierto como que los hurones son hurones!
"Gelinciklerin gelincik olduğu kadar emin!"
"¿Dónde puedo haber dejado mis cosas, me pregunto?"
"Acaba eşyalarımı nereye düşürmüş olabilirim?"

Alicia adivinó en un momento lo que estaba buscando
Alice bir anda ne aradığını tahmin etti
Buscaba el abanico de plumas
Tüy yelpazeyi arıyordu
Y buscaba el par de guantes blancos
Ve bir çift beyaz eldiveni arıyordu
Así que ella, muy bondadosamente, comenzó a buscar los guantes
Bu yüzden çok iyi huylu bir şekilde eldivenleri aramaya başladı
Y también buscó el abanico de plumas
Ve o da tüy yelpazesini aradı
Pero los guantes y el abanico de plumas no se veían por ninguna parte
Ancak eldivenler ve tüy fanı hiçbir yerde görünmüyordu
Todo parecía haber cambiado desde que se bañó en la piscina
Havuzda yüzdüğünden beri her şey değişmiş gibiydi
Nada era igual desde que estaba en el Gran Salón
Büyük salonda olduğundan beri hiçbir şey eskisi gibi değildi
y la mesa de cristal había desaparecido
Ve cam masa ortadan kaybolmuştu
Y la puertecita tampoco estaba allí
Ve küçük kapı da orada değildi
Muy pronto el conejo se fijó en Alicia
Çok geçmeden tavşan Alice'i fark etti
—la llamó en tono airado
Kızgın bir ses tonuyla ona seslendi
—Mary Ann, ¿qué haces aquí?
"Mary Ann, burada ne yapıyorsun?"
"Corre a casa en este momento"
"Bu an eve koş"
—¡Y tráeme un par de guantes y un abanico de plumas!
"Ve bana bir çift eldiven ve bir tüy yelpaze getir!"
—¡Y date prisa!
"Ve bu konuda hızlı ol!"
Alicia se habló a sí misma mientras salía corriendo

Alice kaçarken kendi kendine konuştu
—¡Debe de haberme confundido con su criada!
"Beni hizmetçisi sanmış olmalı!"
"¡Qué sorpresa se quedará cuando se entere de quién soy!"
"Kim olduğumu öğrendiğinde ne kadar şaşıracak!"
Al decir esto, se encontró con una casita pulcra
Bunu söylerken, küçük ve temiz bir eve rastladı
En la puerta de la casa había una placa de bronce brillante
Evin kapısında parlak pirinç bir levha vardı
"W. CONEJO"
"W. TAVŞAN"
Entró sin llamar a la puerta
Kapıyı çalmadan içeri girdi
Y se apresuró a subir las escaleras
Ve hemen yukarı çıktı
le preocupaba conocer a la verdadera Mary Ann
gerçek Mary Ann ile tanışabileceğinden endişeleniyordu
porque entonces la echarían de la casa
çünkü o zaman evden kovulacaktı
Y no sería capaz de encontrar el abanico de plumas y los guantes
Ve tüy yelpazeyi ve eldivenleri bulamazdı
Alicia había encontrado el camino hacia una pequeña habitación ordenada
Alice derli toplu küçük bir odaya girmenin yolunu bulmuştu
En la habitación había una mesa junto a la ventana
Odada pencerenin yanında bir masa vardı
y sobre la mesa había un abanico de plumas
Ve masanın üzerinde bir tüy yelpaze vardı
Y había dos o tres pares de diminutos guantes blancos
Ve iki ya da üç çift minik beyaz eldiven vardı
Cogió el abanico de plumas y un par de guantes
Tüy yelpazeyi ve bir çift eldiveni aldı
Y estaba a punto de salir de la habitación
Ve tam odadan çıkmak üzereydi
Pero entonces sus ojos se posaron en una botellita
Ama sonra gözleri küçük bir şişeye takıldı

Descorchó la botella y se la llevó a los labios
Şişenin mantarını açtı ve dudaklarına götürdü
"Espero que me haga crecer de nuevo"
"Umarım beni tekrar büyütür"
"¡Estoy cansada de ser una cosita tan pequeña!"
"Bu kadar küçük bir şey olmaktan bıktım!"
Alicia apenas se había bebido la mitad de la botella
Alice şişenin yarısını zar zor içmişti
Su cabeza ya estaba presionada contra el techo
Başı zaten tavana bastırıyordu
Y tuvo que agacharse
Ve eğilmek zorunda kaldı
para salvar su cuello de ser roto
boynunu kırılmaktan kurtarmak için
Dejó apresuradamente la botella
Aceleyle şişeyi bıraktı
"Con eso basta"
"Bu kadar yeter"
"Espero no crecer más"
"Umarım daha fazla büyümem"
¡Ay! ¡Era demasiado tarde para desearlo!
Eyvah! Bunu dilemek için çok geçti!
Ella siguió creciendo y creciendo
Büyümeye ve büyümeye devam etti
y muy pronto tuvo que arrodillarse en el suelo
Ve çok geçmeden yere diz çökmek zorunda kaldı
Y aun así siguió creciendo
Ve o zaman bile büyümeye devam etti
Como último recurso, sacó un brazo por la ventana
Son çare olarak bir kolunu pencereden dışarı çıkardı
Y metió un pie por la chimenea
Ve bir ayağını bacaya koydu
"Ahora no puedo hacer más, pase lo que pase"
"Artık daha fazlasını yapamam, ne olursa olsun"
—¿Qué será de mí?
"Bana ne olacak?"

Alicia tuvo un poco de suerte
Alice'in şansı yaver gitti
La pequeña botella mágica había tenido todo su efecto
Küçük sihirli şişe tam etkisini göstermişti
y Alicia no creció más de lo que era
ve Alice eskisinden daha fazla büyümedi
Al cabo de unos minutos oyó una voz en el exterior
Birkaç dakika sonra dışarıda bir ses duydu
Y se detuvo a escuchar la voz
Ve sesi dinlemek için durdu
—¡María Ana! ¡Mary Ann! -dijo la voz-
"Mary Ann! Mary Ann!" dedi ses
"¡Tráeme mis guantes en este momento!"
"Hemen şimdi bana eldivenlerimi getir!"
Luego se oyó un pequeño golpeteo de pies en la escalera
Sonra merdivenlerde küçük bir ayak pırıltısı geldi
Alicia supo que era el conejo que venía a buscarla
Alice, onu aramaya gelenin tavşan olduğunu biliyordu
Y tembló hasta hacer temblar la casa
ve evi sallayana kadar titredi

Se olvidó por completo de sus proporciones
Oranlarının ne olduğunu tamamen unuttu
Era mil veces más grande que el conejo
Tavşandan bin kat daha büyüktü
Y no tenía por qué temer a un conejo
Ve bir tavşandan korkması için hiçbir sebep yoktu
De pronto, el conejo se acercó a la puerta
O anda tavşan kapıya geldi
Y el conejito trató de abrir la puerta
Ve küçük tavşan kapıyı açmaya çalıştı
La puerta comenzó a abrirse hacia adentro
Kapı içeriye doğru açılmaya başladı
pero el codo de Alicia estaba apretado con fuerza contra la puerta
ama Alice'in dirseği kapıya sertçe bastırıldı
Ese intento resultó un fracaso
Bu girişim başarısız oldu
Alicia oyó que el conejo se hablaba a sí mismo
Alice, tavşanın kendi kendine konuştuğunu duydu
"Entonces daré la vuelta y entraré por la ventana"
"O zaman etrafta dolaşacağım ve pencereden içeri gireceğim"
«¡Que no lo harás!», pensó Alicia
"Yapmayacaksın!" diye düşündü Alice
Y volvió a esperar un poco
Ve yine biraz bekledi
Pronto oyó al conejo justo debajo de la ventana
Kısa süre sonra pencerenin hemen altındaki tavşanı duydu
De repente extendió la mano
Aniden elini uzattı
Y ella hizo un arrebato en el aire
Ve havada bir kapkaç yaptı
No se apoderó de nada
Hiçbir şey elde edemedi
Pero oyó un pequeño alarido y una caída
Ama küçük bir çığlık ve bir düşüş duydu
Y oyó el estrépito de cristales rotos
Ve kırık camın çarptığını duydu

Tal vez el conejo se había caído
Belki de tavşan düşmüştü
Tal vez estaba en un invernadero
Belki de bir seradaydı
Luego se oyó una voz airada; La voz del conejo
Sonra kızgın bir ses geldi; Tavşanın sesi
"Pat, ¿dónde estás?"
"Pat, neredesin?"
Y entonces llegó una voz que nunca antes había oído
Ve sonra daha önce hiç duymadığı bir ses geldi
"¡Su señoría, estoy aquí!"
"Sayın Yargıç, ben buradayım!"
"Estoy cavando en busca de manzanas"
"Elma için kazıyorum"
"¡Aquí! ¡Ven y ayúdame a salir de esto!"
"İşte! Gel ve beni bu durumdan kurtar!"
—Ahora dime, Pat, ¿qué es eso que hay en la ventana?
"Şimdi söyle bana, Pat, penceredeki ne var?"
"Claro, su señoría, se lo diré"
"Tabii, sayın yargıç, size söyleyeceğim"
"¡Es un brazo que está en la ventana!"
"Pencerede olan bir kol!"
"Bueno, un brazo no tiene nada que hacer allí"
"Eh, orada bir kolun işi yok"
"¡Ve y quítate el brazo!"
"Git ve kolu al!"
Hubo un largo silencio después de esto
Bunun ardından uzun bir sessizlik oldu
y Alicia sólo podía oír susurros de vez en cuando
ve Alice sadece ara sıra fısıltıları duyabiliyordu
Y, por fin, volvió a extender la mano
Ve sonunda tekrar elini uzattı
Y ella hizo otro arrebato en el aire
Ve havada bir kapkaç daha yaptı
Esta vez hubo dos pequeños chillidos
Bu sefer iki küçük çığlık vardı
y se escucharon más sonidos de vidrios rotos

Ve daha fazla kırık cam sesi vardı

«¡Me pregunto qué harán ahora!», pensó Alicia

"Bundan sonra ne yapacaklarını merak ediyorum!" diye düşündü Alice

"Ojalá me sacaran por la ventana"

"Keşke beni pencereden dışarı çıkarsalar"

Esperó un buen rato

Bir süre bekledi

Pero durante un rato no oyó nada más

Ama bir süre daha hiçbir şey duymadı

Por fin se oyó el estruendo de unas ruedas

Sonunda küçük tekerleklerin gümbürtüsü geldi

Y se oyó el sonido de muchas voces

Ve çok sayıda ses geldi

Todas las voces hablaban al unísono

Bütün sesler birlikte konuşuyordu

Pudo distinguir algunas de las palabras

Bazı kelimeleri seçebiliyordu

—¿Dónde está la otra escalera?

"Diğer merdiven nerede?"

"Bill tiene la otra escalera"

"Bill'in diğer merdiveni var"

"¡Bill, ven aquí!"

"Bill, buraya gel!"

—¿Soportará el techo la carga?

"Çatı yükü taşıyacak mı?"

—¿Quién quiere bajar por la chimenea?

"Kim bacadan aşağı inmek ister?"

—¡No, no lo haré! ¡Tú lo haces!"

"Hayır, yapmayacağım! Sen yap!"

—¡Aquí, Bill!

"İşte, Bill!"

"¡El maestro dice que tienes que bajar por la chimenea!"

"Usta bacadan aşağı inmen gerektiğini söylüyor!"

Alicia arrastró el pie por la chimenea todo lo que pudo

Alice ayağını bacadan olabildiğince aşağı çekti

Y luego esperó a ver lo que venía

Ve sonra ne olacağını görmek için bekledi
Escuchó a un animalito arañar y revolver
Küçük bir hayvanın tırmaladığını ve çırpındığını duydu
El animalito debe estar en la chimenea
Küçük hayvan bacada olmalı
Luego dio una fuerte patada
Sonra keskin bir tekme attı
Y esperó a ver qué pasaría después
Ve bundan sonra ne olacağını görmek için bekledi
Oyó un coro general de voces
Genel bir ses korosu duydu
"¡Ahí va Bill!", dijeron todos
"İşte Bill!" dedi hepsi
Entonces oyó solo la voz del conejo
Sonra sadece tavşanın sesini duydu
"¡Tú por el seto, atrápalo!"
"Sen çitin yanındasın, yakala onu!"
Hubo otro momento de silencio
Bir dakikalık saygı duruşu daha yapıldı
Y entonces hubo otra confusión de voces
Ve sonra başka bir ses karmaşası oldu
"Levanta la cabeza, Brandy"
"Başını kaldır, Brandy"
"Ten cuidado de no asfixiarlo"
"Onu boğmamaya dikkat edin"
—¿Qué te pasó?
"Sana ne oldu?"
Por último, llegó una vocecita débil y chillona
Sonunda biraz zayıf, gıcırtılı bir ses geldi
"Bueno, ya casi no sé"
"Eh, daha fazlasını bilmiyorum"
"Gracias a todos, ahora estoy mejor"
"Hepinize teşekkür ederim, şimdi daha iyiyim"
"Hay una cosa que puedo recordar"
"Hatırlayabildiğim bir şey var"
"Algo viene hacia mí como un tren en un túnel"
"Tüneldeki tren gibi bir şey üzerime geliyor"

"¡Y vuelo hacia arriba como un cohete!"
"ve yukarı bir roket gibi uçuyorum!"
Hubo uno o dos minutos de silencio
Bir iki dakikalık saygı duruşu oldu
Y entonces empezaron a moverse de nuevo
Ve sonra tekrar hareket etmeye başladılar
y Alicia oyó hablar de nuevo al Conejo
ve Alice Tavşan'ın tekrar konuştuğunu duydu
"Un túmulo servirá, para empezar"
"Başlamak için bir barrowful yapacak"
«¿Un túmulo lleno de qué?», pensó Alicia
"Neyin bir tırmıkbaharı?" diye düşündü Alice
Pero no la mantuvieron en suspenso por mucho tiempo
Ancak uzun süre askıda kalmadı
Una lluvia de guijarros entró por la ventana
Pencereden küçük çakıl taşlarından oluşan bir duş geldi
Y algunas de las piedrecitas le golpearon en la cara
Ve küçük çakıl taşlarından bazıları yüzüne çarptı
Alicia se sorprendió por los guijarros
Alice küçük çakıl taşlarına şaşırdı
Todos los guijarros se estaban convirtiendo en pasteles
Tüm küçük çakıl taşları keklere dönüşüyordu
Y una idea brillante se le ocurrió
Ve aklına parlak bir fikir geldi
"Debería comerme uno de estos pasteles"
"Bu keklerden birini yemeliyim"
"El pastel seguramente hará algún cambio en mi tamaño"
"Pastanın bedenimde biraz değişiklik yapacağından emin
olabilirsiniz"
Así que se tragó uno de los pasteles
Bu yüzden keklerden birini yuttu
Y se alegró al descubrir que empezaba a encogerse
Ve küçülmeye başladığını görünce çok sevindi
**Pronto fue lo suficientemente pequeña como para pasar por
la puerta**
Kısa süre sonra kapıdan geçecek kadar küçüktü
Salió corriendo de la casa

Evden kaçtı
Una multitud de animalitos y pájaros esperaban afuera
Küçük hayvanlar ve kuşlardan oluşan bir kalabalık dışarıda
bekliyordu
todos los pajaritos y animales se abalanzaron sobre Alicia
tüm küçük kuşlar ve hayvanlar Alice'e koştu
Pero ella huyó lo más rápido que pudo
Ama elinden geldiğince hızlı kaçtı
Y pronto se encontró a salvo en un espeso bosque
Ve kısa süre sonra kendini kalın bir ormanda güvende buldu
Alicia vagaba por el bosque
Alice ormanda dolaşıyordu
Y pensó para sí misma:
Ve kendi kendine düşündü:
"Sé lo que tengo que hacer primero"
"Öncelikle ne yapmam gerektiğini biliyorum"
**"Primero tengo que volver a crecer hasta el tamaño
adecuado"**
"Önce tekrar doğru bedenime büyümem gerekiyor"
**"Y luego tengo que encontrar mi camino hacia ese hermoso
jardín"**
"ve sonra o güzel bahçeye giden yolu bulmalıyım"
"Supongo que debería comer o beber una cosa u otra"
"Sanırım bir şey ya da başka bir şey yemeli ya da içmeliyim"
"Pero la pregunta es ¿qué debo comer o beber?"
"Ama soru şu ki, ne yemeliyim ya da içmeliyim?"
Alicia miró a su alrededor las flores
Alice etrafındaki çiçeklere baktı
Y miró a través de las briznas de hierba
Ve çimenlerin arasından baktı
pero no podía ver nada de comer ni de beber
ama yiyecek ya da içecek bir şey göremiyordu
Nada parecía ser lo adecuado pára comer o beber
Hiçbir şey yemek ya da içmek için doğru şeye benzemiyordu
Había un gran hongo creciendo cerca de ella
Yanında büyüyen büyük bir mantar vardı
el hongo tenía aproximadamente la misma altura que Alicia

mantar Alice ile hemen hemen aynı yükseklikteydi
Se estiró de puntillas
Parmak uçlarına kadar uzandı
Y se asomó por el borde del hongo
Ve mantarın kenarından gözetledi
Sus ojos se encontraron inmediatamente con los ojos de una gran oruga azul
Gözleri hemen büyük mavi bir tırtılın gözleriyle karşılaştı
La oruga estaba sentada en la parte superior del hongo
Tırtıl mantarın tepesinde oturuyordu
y la oruga se había cruzado de brazos
ve tırtıl bütün kollarını kavuşturmuştu
Y estaba fumando tranquilamente una larga cachimba
Ve sessizce uzun bir nargile içiyordu
y no hizo la menor atención a nada
ve hiçbir şeye en ufak bir dikkat çekmedi
y ciertamente no le prestó atención a Alicia
ve kesinlikle Alice'e dikkat etmedi

Consejos de una oruga
Bir tırtıldan tavsiye

Por fin, la oruga se quitó la pipa de la boca
Sonunda tırtıl nargileyi ağzından çıkardı
y se dirigió a Alicia con voz lánguida y soñolienta
ve durgun, uykulu bir sesle Alice'e hitap etti
—¿Quién eres? —preguntó la oruga
"Sen kimsin?" dedi tırtıl

Alicia respondió, con cierta timidez: "No lo sé, señor"
Alice oldukça utangaç bir şekilde, "Pek bilmiyorum efendim"
diye yanıtladı.
"Justo en este momento está todo un poco..."
"Sadece şu anda her şey biraz..."
"Sé quién era cuando me levanté esta mañana"
"Bu sabah kalktığımda kim olduğumu biliyorum"
**"pero creo que debo haber cambiado varias veces desde
entonces"**
"ama sanırım o zamandan beri birkaç kez değişmiş olmalıyım"
—¿Qué quieres decir con eso? —dijo la oruga—
"Bununla ne demek istiyorsun?" dedi tırtıl

Con severidad, la oruga le pidió que se explicara
Tırtıl sert bir şekilde ondan kendini açıklamasını istedi
—Me temo que no puedo explicarme, señor —dijo Alicia—
"Kendimi açıklayamıyorum, korkarım efendim," dedi Alice
"porque no soy yo mismo"
"Çünkü ben kendimde değilim"
"Verás, tener tantos tamaños diferentes en un día es muy confuso"
"Görüyorsunuz, bir günde bu kadar çok farklı boyutta olmak çok kafa karıştırıcı"
Se incorporó y dijo muy gravemente:
Kendini yukarı çekti ve çok ciddi bir şekilde şöyle dedi:
"Creo que primero deberías decirme quién eres"
"Bence önce bana kim olduğunu söylemelisin"
"¿Por qué?", dijo la oruga
"Neden?" dedi tırtıl
Alicia no se le ocurría ninguna buena razón
Alice iyi bir sebep düşünemedi
Y la oruga parecía estar en un estado de ánimo muy desagradable
Ve tırtıl çok tatsız bir ruh hali içinde görünüyordu
Así que se dio la vuelta
Bu yüzden geri döndü
"¡Vuelve!", la oruga la llamó
"Geri dön!" diye seslendi tırtıl arkasından
"¡Tengo algo importante que decir!"
"Söylemem gereken önemli bir şey var!"
Alicia se dio la vuelta y volvió otra vez
Alice döndü ve tekrar geri geldi
—Mantén la calma —dijo la oruga—
"Öfkeni koru," dedi tırtıl
-¿Eso es todo? -preguntó Alicia
"Hepsi bu mu?" dedi Alice
Y se tragó su rabia lo mejor que pudo
Ve öfkesini elinden geldiğince yuttu
—No —dijo la oruga—
"Hayır," dedi tırtıl

La oruga desplegó sus brazos
Tırtıl kollarını açtı
Y volvió a sacarse la pipa de la boca
Ve nargileyi tekrar ağzından çıkardı
y él dijo: "Así que Ud. piensa que Ud. ha cambiado, ¿verdad?"
ve dedi ki, "Demek değiştiğini düşünüyorsun, değil mi?"
—Me temo, he cambiado, señor —dijo Alicia—
"Korkuyorum, değiştim efendim," dedi Alice
"No puedo recordar las cosas como solía recordarlas"
"Bazı şeyleri eskiden hatırladığım gibi hatırlayamıyorum"
"¡Y no me quedo del mismo tamaño por más de diez minutos!"
"ve ben on dakikadan fazla aynı boyutta kalmam!"
"¿Qué tamaño quieres tener?", preguntó la oruga
"Ne büyüklükte olmak istersin?" diye sordu tırtıl
—Oh, no me importa especialmente el tamaño que tenga — respondió Alicia apresuradamente—
"Ah, özellikle ne kadar büyük olduğum umurumda değil," diye yanıtladı Alice aceleyle.
"Simplemente no me gusta cambiar de tamaño tan a menudo, ya sabes"
"Sadece bu kadar sık beden değiştirmeyi sevmiyorum, biliyorsun"
"Me gustaría ser un poco más grande, señor"
"Biraz daha büyük olmak isterdim efendim"
—Si no te importa —añadió Alicia—
"Eğer sakıncası yoksa," diye ekledi Alice
"Diez centímetros es una altura tan miserable para ser"
"On santimetre çok sefil bir yükseklik"
-¡Es una altura muy buena! -exclamó la oruga con rabia-
"Gerçekten çok iyi bir yükseklik!" dedi tırtıl öfkeyle
Y se irguió mientras hablaba
ve konuşurken kendini dik tuttu
Medía exactamente diez centímetros de alto
Tam on santimetre boyundaydı
En uno o dos minutos, la oruga bajó del hongo

Bir veya iki dakika içinde tırtıl mantardan aşağı indi
Y se arrastró por la hierba
Ve çimenlere doğru sürünerek uzaklaştı
Al alejarse, hizo algunas pequeñas observaciones
Giderken bazı küçük açıklamalar yaptı
"Un lado te hará crecer más alto"
"Bir tarafınız boyunun uzamasını sağlayacak"
"Y el otro lado te hará acortar"
"Ve diğer taraf seni kısaltacak"
«¿Un lado de qué?», pensó Alicia para sí misma
"Neyin bir tarafı?" diye düşündü Alice kendi kendine
—¿El otro lado de qué?
"Neyin diğer tarafı?"
—El costado del hongo —dijo la oruga—
"Mantarın yan tarafı," dedi tırtıl
Era como si hubiera hecho su pregunta en voz alta
Sanki sorusunu yüksek sesle sormuş gibiydi
Y en otro momento, se perdió de vista
Ve başka bir anda, gözden kayboldu
Alicia se quedó mirando pensativa el hongo
Alice düşünceli bir şekilde mantara bakmaya devam etti
Estaba tratando de distinguir cuáles eran los dos lados del hongo
Mantarın iki tarafının hangisi olduğunu anlamaya çalışıyordu
Por fin, estiró los brazos alrededor de la seta
Sonunda kollarını mantarın etrafına sardı
Y rompió un poco los bordes
Ve kenarların bir kısmını kırdı
"Y ahora, ¿qué lado es cuál?", se dijo a sí misma
"Ve şimdi, hangi taraf hangisi?" dedi kendi kendine
Y mordisqueó un poco de la parte de la mano derecha
Ve sağ elinin ucunu biraz kemirdi
Al momento siguiente sintió un violento golpe debajo de la barbilla
Bir sonraki an çenesinin altında şiddetli bir darbe hissetti
¡Su barbilla había golpeado su pie!
Çenesi ayağına çarpmıştı!

Estaba bastante asustada por este cambio tan repentino
Bu çok ani değişiklikten çok korkmuştu
Se estaba encogiendo muy rápidamente
Çok hızlı bir şekilde küçülüyordu
Así que rápidamente se comió un poco del otro trozo de champiñón
Bu yüzden çabucak diğer mantar parçasından biraz yedi
Su barbilla estaba muy presionada contra su pie
Çenesi ayağına çok sıkı bir şekilde bastırıldı
Apenas había espacio para abrir la boca
Ağzını açacak pek yer yoktu
Pero al fin logró abrir la boca
Ama sonunda ağzını açmayı başardı
Y tragó un bocado del pedazo de la mano izquierda
ve sol elinin ısırığından bir lokma yuttu
-¡Por fin me han liberado la cabeza! -exclamó Alicia-
"Sonunda kafam serbest kaldı!" dedi Alice
Se miró a sí misma
Kendine baktı
Pero todo lo que podía ver era una inmensa longitud de cuello
Ama tek görebildiği muazzam bir boyun uzunluğuydu
Su cuello parecía elevarse como un tallo
Boynu bir sap gibi yükseliyor gibiydi
Y miró hacia abajo sobre un mar de hojas verdes
Ve yeşil yapraklardan oluşan bir denize baktı
—¿A dónde han llegado mis hombros?
"Omuzlarım nereye geldi?"
"Y oh, mis pobres manos, ¿cómo es que no puedo verte?"
"Ve ah, zavallı ellerim, nasıl oluyor da seni göremiyorum?"
Pero su cuello tenía un beneficio
Ama boynunun bir faydası vardı
Podía mover la cabeza en cualquier dirección
Başını herhangi bir yöne hareket ettirebilirdi
De hecho, era como una serpiente
Aslında, o tıpkı bir yılan gibiydi
Ella zigzagueó con gracia con la cabeza hacia abajo

Zarif bir şekilde başını zikzak çizerek eğdi
Y movió la cabeza entre los árboles
Ve başını ağaçların arasından geçirdi
Pero entonces oyó un silbido agudo
Ama sonra keskin bir tıslama duydu
Y rápidamente echó la cabeza hacia atrás
Ve hızla başını geri çekti
Una gran paloma había volado hacia su cara
Yüzüne büyük bir güvercin uçmuştu
y la paloma se agitó violentamente con sus alas
Ve güvercin şiddetle kanatlarıyla birlikteydi

-¡Serpiente! -exclamó la paloma-
"Yılan!" diye bağırdı güvercin
-¡No soy una serpiente! -exclamó Alicia indignada-
"Ben yılan değilim!" dedi Alice öfkeyle
"¡Déjame en paz!"
"Beni yalnız bırak!"

"He probado las raíces de los árboles"
"Ağaçların köklerini denedim"
—Y he probado setos —prosiguió la paloma—
"ve çitleri denedim," diye devam etti güvercin
—¡Pero esas serpientes! ¡No hay forma de complacerlos!"
"Ama o! Onları memnun edecek bir şey yok!"
Alicia estaba cada vez más desconcertada
Alice'in kafası gitgide daha çok karışıyordu
**-Como si ya fuera bastante trabajo incubar los huevos -dijo
la paloma-**
"Sanki yumurtaları çatlatmak yeterince zahmetli değilmiş
gibi," dedi güvercin
—¡De noche y de día también tengo que estar atento a las
serpientes!
"Gece gündüz yılanlara da dikkat etmeliyim!"
"Acababa de encontrar el árbol más alto del bosque"
"Ormandaki en yüksek ağacı yeni bulmuştum"
—¿Estaría libre de serpientes aquí?
"Burada yılanlardan kurtulur muydum herhalde?"
"¡Y sale una serpiente del cielo!"
"Ve gökten bir yılan çıkıyor!"
-¡Pero yo no soy una serpiente, te lo aseguro! -dijo Alicia-
"Ama ben bir yılan değilim, sana söylüyorum!" dedi Alice
"Soy un... Soy un... Soy una niña —añadió con cierta duda—
"Ben bir... Ben bir... Ben küçük bir kızım," diye ekledi oldukça
şüpheli bir şekilde
Después de todo, había estado pasando por muchos cambios
Ne de olsa çok fazla değişiklik geçiriyordu
—Estás buscando huevos —dijo la paloma—
"Yumurta arıyorsun," dedi güvercin
"Lo sé con certeza"
"Bunu bir gerçek olarak biliyorum"
—¿Y qué importa si eres una niña o una serpiente?
"Peki küçük bir kız ya da yılan olman ne fark eder?"
—A mí me importa mucho —dijo Alicia apresuradamente—
"Benim için çok önemli," dedi Alice aceleyle.
"pero no estoy buscando huevos, como suele ser"

"ama olduğu gibi yumurta aramıyorum"
"Y de todos modos no querría tus huevos"
"ve zaten yumurtalarını istemem"
"No me gustan los huevos crudos"
"Yumurtalarımı çiğ sevmiyorum"
-¡Pues váyase! -dijo la paloma en tono malhumorado-
"Peki, git o zaman!" dedi güvercin somurtkan bir ses tonuyla
Y la paloma se instaló de nuevo en su nido
Ve güvercin tekrar yuvasına yerleşti
Alicia se agachó entre los árboles lo mejor que pudo
Alice elinden geldiğince ağaçların arasına çömeldi
Su cuello no dejaba de enredarse entre las ramas
Boynu dalların arasına dolanıp duruyordu
De vez en cuando tenía que detenerse y desenroscar el cuello
Arada sırada durup boynunu çözmek zorunda kaldı
Al cabo de un rato se acordó de la seta
Bir süre sonra mantarı hatırladı
Todavía sostenía los trozos de hongo en sus manos
Mantar parçalarını hala elinde tutuyordu
Y se puso a trabajar con mucho cuidado
Ve çok dikkatli bir şekilde çalışmaya başladı
Primero mordisqueó una pieza
Önce tek parça kemirdi
Y luego mordisqueó la otra pieza
Ve sonra diğer parçayı kemirdi
A veces crecía
bazen boyu uzardı
y a veces se acortaba
Ve bazen kısaldı
pero finalmente alcanzó su altura habitual
Ama sonunda her zamanki boyuna ulaştı
Hacía tiempo que no era de su estatura
Bir süredir kendi boyunda değildi
Así que todo se sintió extraño por un tiempo
Bu yüzden her şey bir süreliğine garip geldi
"Lo siguiente que hay que hacer es entrar en ese hermoso jardín"

"Bundan sonra yapılacak şey o güzel bahçeye girmek"
—¿Cómo se va a hacer eso, me pregunto?
"Bu nasıl yapılacak, merak ediyorum?"
Al decir esto, llegó a un lugar abierto
Bunu söylerken açık bir yere rastladı
Había una casita, un poco más de un metro de altura
Bir metreden biraz daha yüksek küçük bir ev vardı
"Me pregunto quién vive en esta casita"
"Acaba bu küçük evde kim yaşıyor"
"Ciertamente no puedo entrar tan grande como soy"
"Kesinlikle olduğum kadar büyük giremem"
—¡Los asustaría terriblemente!
"Onları çok korkuturdum!"
Así que volvió a mordisquear el pequeño champiñón
Bu yüzden küçük mantarı tekrar kemirdi
Y pronto bajó treinta centímetros
Ve çok geçmeden kendini otuz santimetre aşağı indirdi

Un cerdo y un poco de pimienta

Bir domuz ve biraz biber

Durante uno o dos minutos se quedó mirando la casa

Bir ya da iki dakika boyunca eve bakarak durdu

De repente, un lacayo salió corriendo del bosque

Aniden ormandan koşarak bir uşak geldi

Vestía un uniforme especial

Özel bir üniforma giyiyordu

A juzgar solo por su rostro, ella lo habría llamado pez

Sadece yüzüne bakılırsa, ona balık derdi

Y golpeó fuertemente la puerta con los nudillos

Ve parmak eklemleriyle kapıya yüksek sesle vurdu

La puerta fue abierta por otro lacayo

Kapı başka bir uşak tarafından açıldı

Este lacayo también llevaba una librea especial

Bu uşak da özel bir üniforma giyiyordu

Este lacayo tenía una cara redonda y ojos grandes como los de una rana

Bu uşağın yuvarlak bir yüzü ve kurbağa gibi iri gözleri vardı

El lacayo, que parecía un pez, inició la ceremonia
Balığa benzeyen uşak töreni başlattı
Sacó algo de debajo de su brazo
Kolunun altından bir şey çıkardı
Y sacó de debajo del brazo un sobre
ve kolunun altından bir zarf çıkardı
Y este sobre se lo entregó al otro lacayo
Ve bu zarfı diğer uşağa verdi
En tono ceremonioso le comunicó las órdenes
Törensel bir tonda ona emirleri anlattı
"Este mensaje es para la duquesa"
"Bu mesaj Düşes için"
"Una invitación de la reina a jugar al croquet"
"Kraliçeden kroket oynama daveti"
El lacayo, que parecía una rana, repitió la orden
Kurbağaya benzeyen uşak emri tekrarladı
"De la Reina"
"Kraliçe'den"
"Una invitación"
"Bir davet"
"para la duquesa"
"Düşes için"
"Jugar al croquet"
"Kroket oynamak"
Entonces ambos se inclinaron profundamente
Sonra ikisi de eğildi
y los rizos de sus pelucas se enredaron
ve peruklarındaki bukleler birbirine dolandı
Pronto el lacayo que parecía un pez se había ido
Kısa süre sonra balığa benzeyen uşak gitmişti
Pero el lacayo que parecía una rana todavía estaba allí
Ama kurbağaya benzeyen uşak hala oradaydı
Estaba sentado en el suelo, cerca de la puerta
Kapının yanında yerde oturuyordu
Estaba mirando estúpidamente al cielo
Aptalca gökyüzüne bakıyordu
Alicia se acercó tímidamente a la puerta y llamó

Alice ürkek bir şekilde kapıya gitti ve kapıyı çaldı
—Es inútil llamar a la puerta —dijo el lacayo—
"Kapıyı çalmanın bir faydası yok," dedi uşak
"Y eso es por dos razones"
"Ve bu iki nedenden dolayı"
"Primero, porque estoy del mismo lado de la puerta que tú"
"Birincisi, çünkü ben de seninle aynı kapının yanındayım"
"En segundo lugar, porque están haciendo mucho ruido dentro"
"İkincisi, çünkü içeride çok fazla gürültü yapıyorlar"
"Nadie podría escucharte"
"Kimse seni duyamazdı"
Y, ciertamente, había un ruido extraordinario en su interior
Ve kesinlikle içeride çok olağanüstü bir gürültü oluyordu
un aullido y estornudos constantes
sürekli uluma ve hapşırma
y de vez en cuando se oye un gran estruendo
Ve arada sırada büyük bir çarpma sesi
como si un plato o una tetera se hubieran roto en pedazos
Sanki bir tabak veya su ısıtıcısı parçalara ayrılmış gibi
-¿Cómo voy a entrar? -preguntó Alicia
"Nasıl içeri gireceğim?" diye sordu Alice
—¿Deberías entrar? —dijo el lacayo—
"İçeri girmeli misin?" dedi uşak
"Esa es la primera pregunta, ya sabes"
"Bu ilk soru, biliyorsun"
Alicia abrió la puerta y entró
Alice kapıyı açtı ve içeri girdi
La puerta conducía directamente a una gran cocina
Kapı büyük bir mutfağa açılıyordu
La cocina estaba llena de humo de un extremo a otro
Mutfak bir uçtan diğer uca duman doluydu
en medio de la cocina estaba la duquesa
mutfağın ortasında Düşes vardı
Estaba sentada en un taburete de tres patas
Üç ayaklı bir taburede oturuyordu
Y ella estaba amamantando a un bebé

Ve bir bebek emziriyordu
El cocinero estaba inclinado sobre el fuego
Aşçı ateşin üzerine eğilmişti
Estaba removiendo un gran caldero
Büyük bir kazanı karıştırıyordu
y el caldero parecía estar lleno de sopa
Ve kazan çorba dolu gibiydi
"¡Ciertamente hay demasiada pimienta en esa sopa!" —se dijo Alicia
"O çorbada kesinlikle çok fazla biber var!" Alice kendi kendine dedi ki
Lo dijo lo mejor que pudo, sin estornudar
Hapşırmadan elinden geldiğince söyledi
Incluso la duquesa estornudaba de vez en cuando
Düşes bile ara sıra hapşırdı
Pero las acciones del bebé fueron las más notables
Ancak bebeğin eylemleri en dikkat çekici olanıydı
El bebé estornudaba y aullaba alternativamente
Bebek dönüşümlü olarak hapşırıyor ve uluyordu
No hubo un momento de pausa entre aullidos y estornudos
Uluma ve hapşırma arasında bir an bile duraklama olmadı
Había dos criaturas en la cocina que no estornudaban
Mutfakta hapşırmayan iki yaratık vardı
El cocinero estaba demasiado ocupado para estornudar
Aşçı hapşırmak için çok meşguldü
Y al gran gato no pareció importarle el pimiento
Ve büyük kedi biberi umursamıyor gibiydi
En cambio, el gran gato sonreía de oreja a oreja
Bunun yerine, büyük kedi kulaktan kulağa sırıtıyordu
-Por favor, ¿podría decírmelo -dijo Alicia, un poco tímidamente-
"Lütfen bana söyler misin," dedi Alice biraz çekingen bir şekilde
"¿Por qué tu gato sonríe así?"
"Kediniz neden böyle sırıtıyor?"
-Es un gato de Cheshire -dijo la duquesa-
"Bu bir Cheshire Kedisi," dedi Düşes

"Y por eso está sonriendo de oreja a oreja"
"İşte bu yüzden kulaktan kulağa sırıtıyor"
"No sabía que un gato de Cheshire siempre sonreía"
"Bir Cheshire Kedisinin her zaman sırıttığını bilmiyordum"
—De hecho, no sabía que los gatos podían sonreír —dijo
Alicia—
"Aslında, kedilerin sırıtabileceğini bilmiyordum," dedi Alice
-Hay muchas cosas que no sabes -dijo la duquesa-
"Bilmediğin çok şey var," dedi Düşes
"Hay muchas cosas que no sabes y eso es un hecho"
"Bilmediğin çok şey var ve bu bir gerçek"
En ese momento, el cocinero retiró el caldero de sopa del
fuego
Tam o sırada aşçı çorba kazanını ateşten aldı
Y en seguida se puso a tirar todo lo que estaba a su alcance
Ve bir anda ulaşabileceği her şeyi fırlatmaya başladı
arrojó todo lo que pudo a la duquesa y al bebé
Düşes'e ve bebeğe atabileceği her şeyi fırlattı
Primero arrojó los hierros de fuego
Önce ateş demirlerini attı
Luego tiró un puñado de cacerolas
Sonra bir avuç tencere fırlattı
y finalmente tiró los platos y las fuentes
Ve sonunda tabakları ve tabakları fırlattı
La duquesa no le hizo caso
Düşes onu hiç dikkate almadı
Incluso cuando fue golpeada por un plato, no se preocupó
Bir tabak tarafından vurulduğunda bile endişelenmedi
El bebé ya estaba aullando tanto
bebek zaten çok fazla uluyordu
Así que era imposible decir si los golpes lastimaban al bebé
o no
Bu yüzden darbelerin bebeğe zarar verip vermediğini
söylemek imkansızdı
—¡Oh, por favor, ten cuidado con lo que estás haciendo! —
exclamó Alicia—
"Ah, lütfen ne yaptığına dikkat et!" diye bağırdı Alice

Y saltaba de un lado a otro en una agonía de terror
Ve dehşet içinde bir aşağı bir yukarı zıpladı
la duquesa le ofreció a Alicia el bebé
Düşes, Alice'e bebeği teklif etti
"¡Aquí! ¡Puedes amamantar un poco al bebé, si quieres!"
"İşte! İstersen bebeği biraz emzirebilirsin!"
Y le arrojó al bebé mientras hablaba
Ve konuşurken bebeği ona fırlattı
"Tengo que ir a prepararme para jugar al croquet con la reina"
"Gidip kraliçeyle kroket oynamaya hazırlanmalıyım"
Y se apresuró a salir de la habitación
Ve aceleyle odadan çıktı
Alicia atrapó al bebé con cierta dificultad
Alice bebeği biraz zorlukla yakaladı
porque era una criatura de forma muy extraña
Çünkü çok tuhaf şekilli küçük bir yaratıktı
Y el bebé extendió los brazos y las piernas en todas direcciones
Ve bebek kollarını ve bacaklarını her yöne uzattı
«Será mejor que me lleve a este niño conmigo», pensó Alicia
"Bu çocuğu yanımda götürsem iyi olur," diye düşündü Alice
"Seguro que matarán a este bebé en uno o dos días"
"Bu bebeği bir veya iki gün içinde öldürecekleri kesin"
—¿No sería un asesinato dejar atrás a este bebé?
"Bu bebeği geride bırakmak cinayet olmaz mıydı?"
Dijo las últimas palabras en voz alta
Son sözleri yüksek sesle söyledi
Y la cosita gruñó en respuesta
Ve küçük şey cevap olarak homurdandı
—Será mejor que no te conviertas en un cerdo, querida — dijo Alicia—
"Domuza dönüşmesen iyi eder, sevgilim," dedi Alice
"o de lo contrario no tendré nada más que ver contigo"
"yoksa seninle daha fazla işim olmayacak"
Alicia empezaba a pensar para sí misma:
Alice kendi kendine düşünmeye başlamıştı:

"Ahora, ¿qué voy a hacer con esta criatura cuando la lleve a casa?"

"Şimdi, onu eve getirdiğimde bu yaratıkla ne yapacağım?"

Pero entonces la pequeña criatura gruñó un poco violentamente

Ama sonra küçük yaratık biraz şiddetle homurdandı

y Alicia lo miró a la cara con cierta alarma

ve Alice biraz telaşla adamın yüzüne baktı

Esta vez no podía haber error al respecto

Bu sefer bunda bir hata olamazdı

No era ni más ni menos que un cerdo

bir domuzdan ne fazla ne de eksikti

Así que dejó a la pequeña criatura en el suelo

Bu yüzden küçük yaratığı yere koydu

y la pequeña criatura se aleja trotando tranquilamente hacia el bosque

Ve küçük yaratık sessizce ormana doğru yürüdü

Alicia se sintió bastante aliviada al ver que la criatura se iba

Alice, yaratığın gittiğini görünce oldukça rahatlamış hissetti

Alicia se sobresaltó un poco al ver al Gato de Cheshire

Alice, Cheshire Kedisi'ni görünce biraz şaşırdı

Estaba sentado en la rama de un árbol a pocos metros de distancia

Birkaç metre ötede bir ağacın dalında oturuyordu

El gato solo sonrió cuando la vio

Kedi onu gördüğünde sadece sırıttı

—Gato de Cheshire —empezó Alicia, bastante tímidamente—

"Cheshire kedisi," diye başladı Alice, oldukça çekingen bir şekilde

—¿Podría decirme, por favor, qué camino debo tomar desde aquí?

"Lütfen bana buradan hangi yoldan gitmem gerektiğini söyler misin?"

—En esa dirección —dijo el gato—

"O yönde," dedi kedi

Y agitó la pata derecha

Ve sağ pençesini salladı
"En esa dirección vive un fabricante de sombreros"
"Bu yönde bir şapka yapımcısı yaşıyor"
Y entonces el gato agitó su otra pata
Ve sonra kedi diğer pençesini salladı
"Y en esa dirección vive una liebre de marzo"
"Ve o yönde bir yürüyüş tavşanı yaşıyor"
"Visita a cualquiera de los que quieras; los dos están locos"
"İstediğin birini ziyaret et; İkisi de deli"
—Pero yo no quiero andar entre locos —comentó Alicia—
"Ama ben delilerin arasına girmek istemiyorum," dedi Alice
—Oh, no puedes evitarlo —dijo el Gato—
"Ah, buna engel olamazsın," dedi Kedi
"Aquí estamos todos locos"
"Burada hepimiz deliyiz"
"¿Vas a jugar al croquet con la reina hoy?"
"Bugün kraliçeyle kroket mi oynuyorsun?"
—Me gustaría mucho —dijo Alicia—
"Çok isterim," dedi Alice
"pero todavía no me han invitado"
"ama henüz davet edilmedim"
—Allí me verás —dijo el Gato—
"Beni orada göreceksin," dedi Kedi
Y de un momento a otro el gato desapareció
Ve bir andan diğerine kedi ortadan kayboldu
pronto Alicia llegó a la vista de la casa de la liebre de marzo
kısa süre sonra Alice, yürüyüş tavşanının evini gördü
Era una casa muy grande
Burası çok büyük bir evdi
así que Alicia no quiso acercarse a la casa
bu yüzden Alice evin yanına gitmek istemedi
**Primero tuvo que mordisquear un poco más del trozo de
champiñón del lado izquierdo**
Önce sol taraftaki mantar parçasından biraz daha kemirmesi
gerekiyordu

Una fiesta de té loca
Çılgın bir çay partisi

Delante de la casa había un árbol
Evin önünde bir ağaç vardı
y debajo del árbol había una mesa
Ve ağacın altında bir masa vardı
y la mesa estaba puesta con toda clase de cubiertos
Ve masa her türlü çatal bıçak takımı ile kuruldu
La Liebre de Marzo y el Sombrerero estaban sentados a la mesa
Mart tavşanı ve şapkacı masadaydı
y juntos estaban tomando el té
Ve birlikte çay içiyorlardı
Un lirón estaba sentado entre ellos
Aralarında bir fındık faresi oturuyordu
y el lirón se durmió profundamente
Ve fındık faresi derin bir uykudaydı
La mesa era de un tamaño extraordinario
Masa olağanüstü büyüklükteydi
Pero la mayor parte de la mesa estaba desocupada
Ancak masanın çoğu boştu
Se sentaron apiñados en una esquina de la mesa
Masanın bir köşesinde kalabalık bir şekilde oturdular
y, sin embargo, se excusaban cuando veían a Alicia
ve yine de Alice'i gördüklerinde bahaneler uydurdular
"¡No hay espacio! ¡No hay lugar!", gritaron
"Yer yok! Yer yok!" diye bağırdılar
-¡Hay sitio de sobra! -exclamó Alicia indignada-
"Bol bol yer var!" dedi Alice kızgınlıkla
En un extremo de la mesa había un gran sillón
Masanın bir ucunda büyük bir koltuk vardı
y Alicia se sentó en el sillón
ve Alice koltuğa oturdu
El sombrerero abrió mucho los ojos
Şapkacı gözlerini kocaman açtı
No podía creer lo que estaba viendo
Gördüklerine inanamadı

Pero su mente tenía curiosidad por otras cosas
Ama aklı başka şeyleri merak ediyordu
—¿Por qué un cuervo es como un escritorio?
"Bir kuzgun neden yazı masası gibidir?"
Alicia estaba abierta al reto
Alice bu meydan okumaya açıktı
"Me alegro de que hayan empezado a hacer adivinanzas"
"Bilmeceler sormaya başladıklarına sevindim"
—Creo que puedo adivinarlo —añadió en voz alta—
"Bunu tahmin edebileceğime inanıyorum," diye ekledi yüksek sesle
La liebre de marzo sintió curiosidad por Alicia
Yürüyen tavşan Alice'i merak etmeye başladı
"¿De verdad crees que puedes encontrar la respuesta?"
"Gerçekten cevabı bulabileceğinizi düşünüyor musunuz?"
—Creo que puedo encontrar la respuesta —dijo Alicia—
"Sanırım cevabı gerçekten bulabilirim," dedi Alice
—Entonces deberías decir lo que quieres decir —prosiguió la liebre de la marcha—
"O zaman ne demek istediğini söylemelisin," diye devam etti yürüyüş tavşanı
—Digo lo que quiero decir —respondió Alicia apresuradamente—
"Ne demek istediğimi söylüyorum," diye yanıtladı Alice aceleyle.
"por lo menos quiero decir lo que digo"
"en azından ne dediğimi kastediyorum"
"Es lo mismo, ¿sabes?"
"Bu aynı şey, biliyorsun"
El lirón también contribuyó a la conversación
Fındık faresi de sohbete katkıda bulundu
Pero el lirón parecía estar hablando en sueños
Ama fındık faresi uykusunda konuşuyor gibiydi
"Respiro cuando duermo"
"Uyuduğumda nefes alıyorum"
"¡Duermo cuando respiro!"
"Nefes aldığımda uyurum!"

"Bien podría decirse que también son lo mismo"
"Onların da aynı olduğunu söyleyebilirsiniz"
-A ti te pasa lo mismo -dijo el sombrerero-
"Seninle de aynı şey geçerli," dedi şapkacı
Y echó un poco de té en la nariz del lirón
Ve fındık faresinin burnuna biraz çay döktü
El Lirón sacudió la cabeza con impaciencia
Fındık Faresi sabırsızlıkla başını salladı
Y volvió a hablar el Lirón, sin abrir los ojos
Ve fındık faresi yine gözlerini açmadan konuştu
"Por supuesto, por supuesto que es lo mismo"
"Tabii ki, tabii ki aynı"
"eso es justo lo que iba a decir yo mismo"
"sadece kendim söyleyeceğim şey buydu"

El sombrerero se volvió hacia Alicia y le hizo otra pregunta
Şapkacı Alice'e döndü ve başka bir soru sordu
—¿Ya has adivinado el enigma?
"Bilmeceyi henüz tahmin ettin mi?"
—No, me rindo —concedió Alicia—
"Hayır, pes ediyorum," diye kabul etti Alice
"¿Cuál es la respuesta?", quiso saber
"Cevap nedir?" diye sordu

—No tengo la menor idea —dijo el sombrerero—

"En ufak bir fikrim yok," dedi şapkacı

-Ni yo lo sé -dijo la liebre-

"Ben de bilmiyorum," dedi yürüyüş tavşanı

Alicia dio un suspiro de cansancio

Alice yorgun bir iç çekti

"Hay mejores usos del tiempo que los enigmas sin respuestas"

"Zamanın, cevapsız bilmecelerden daha iyi kullanımları vardır"

-¡Toma un poco más de té! -dijo la liebre a Alicia, muy seriamente-

"Biraz daha çay iç," dedi yürüyüş tavşanı Alice'e büyük bir ciddiyetle

Alicia se sintió bastante ofendida por la oferta

Alice bu teklife oldukça gücenmişti

—Todavía no he tomado el té —respondió Alicia—

"Henüz çay içmedim," diye yanıtladı Alice

"por lo tanto, no puedo tomar más té"

"bu yüzden daha fazla çay içemiyorum"

—Quieres decir que no puedes tomar menos té —dijo el sombrerero—

"Yani daha az çay içemezsin," dedi şapka yapımcısı

"Es muy fácil llevarse más que nada"

"Hiç yoktan fazlasını almak çok kolay"

Al oír esto, Alicia se levantó y se marchó

Bunun üzerine Alice ayağa kalktı ve yürüdü

El lirón se durmió al instante

Fındık faresi anında uykuya daldı

y ninguno de los otros hizo la menor atención de que ella se fuera

Ve diğerleri de onun gidişine en ufak bir dikkat çekmedi

aunque miró hacia atrás una o dos veces

Bir ya da iki kez geriye bakmasına rağmen

Intentaban meter el lirón en la tetera

Fındık faresini çaydanlığın içine koymaya çalışıyorlardı

-De todos modos, ¡no volveré a ir allí! -dijo Alicia-

"Her halükarda, oraya bir daha asla gitmeyeceğim!" dedi Alice
Y ella caminó su camino a través del bosque
Ve ormanda yoluna devam etti
"Esa fue la fiesta del té más estúpida a la que he ido en mi vida"
"Bu şimdiye kadar bulunduğum en aptalca çay partisiydi"
Justo cuando dijo esto, notó algo
Tam bunu söylerken bir şey fark etti
Uno de los árboles tenía una puerta que daba directamente a él
Ağaçlardan birinin tam içine açılan bir kapısı vardı
"¡Eso es muy interesante!", pensó
"Bu çok ilginç!" diye düşündü
"Creo que es mejor que pase por la puerta"
"Sanırım ben de kapıdan geçebilirim"
Y entró por la puerta
Ve kapıdan içeri girdi
Una vez más se encontró en el largo pasillo
Bir kez daha kendini uzun koridorda buldu
De nuevo estaba cerca de la mesita de cristal
Yine küçük cam masaya yakındı
Ella tomó la pequeña llave de oro
Küçük altın anahtarı aldı
Y abrió la puerta que daba al jardín
Ve bahçeye açılan kapının kilidini açtı
Luego se puso manos a la obra mordisqueando el hongo
Sonra mantarı kemirerek işe koyuldu
Había guardado un trozo de la seta en el bolsillo
Mantarın bir parçasını cebinde tutmuştu
Y, por último, medía alrededor de un metro de altura
Ve sonunda yaklaşık bir metre boyundaydı
Luego caminó por el pequeño pasillo
Sonra küçük koridorda yürüdü
Y entonces finalmente se encontró en el hermoso jardín
Ve sonunda kendini güzel bahçede buldu
y ella estaba entre la flor brillante y las fuentes frescas
Ve o, parlak çiçeklerin ve serin çeşmelerin arasındaydı

Un gran rosal se alzaba cerca de la entrada del jardín
Bahçenin girişine yakın bir yerde büyük bir gül ağacı
duruyordu
Las rosas que crecían en el árbol eran blancas
Ağaçta yetişen güller beyazdı
Pero había tres jardineros pintando la rosa
Ama gülü boyayan üç bahçıvan vardı
Estaban ocupados pintando las rosas de rojo
Gülleri kırmızıya boyamakla meşguldüler
y Alicia los miraba pintar las rosas de rojo
ve Alice onların gülleri kırmızıya boyamasını izliyordu
y de repente sus ojos se posaron por casualidad en Alicia
ve aniden gözleri tesadüfen Alice'e takıldı
Alicia habló un poco tímidamente
Alice biraz çekingen bir şekilde konuştu
—¿Podría decírmelo, por favor?
"Bana söyler misin lütfen;"
"¿Por qué están pintando todas esas rosas?"
"Neden hepiniz o gülleri boyuyorsunuz?"
Cinco y siete no dijeron nada, pero miraron a dos
Beş ve yedi hiçbir şey söylemedi, ama ikisine baktı
Dos hablaron, en voz baja
iki kişi kısık bir sesle konuştu
"Vaya, el hecho es que ya lo ve, señora"
"Neden, gerçek şu ki, görüyorsunuz hanımefendi"
"Esto de aquí debería haber sido un rosal rojo"
"Burası kırmızı bir gül ağacı olmalıydı"
"Y pusimos un rosal blanco por error"
"Ve yanlışlıkla beyaz bir gül ağacı koyduk"
"Como estarás de acuerdo, la Reina no debe enterarse"
"Kabul edeceğiniz gibi, kraliçe öğrenmemeli"
"De lo contrario, nos cortarían la cabeza a todos"
"Aksi takdirde hepimizin kafası kesilirdi"
**"Así que ya ve, señora, estamos haciendo lo mejor que
podemos"**

"Görüyorsunuz hanımefendi, elimizden gelenin en iyisini
yapıyoruz"
**La Carta Cinco había estado mirando ansiosamente a través
del jardín**
Beşinci kart endişeyle bahçeye bakıyordu.
En ese momento, la carta cinco gritó: "¡La reina! ¡La reina!"
O anda beşinci kart seslendi, "Kraliçe! Kraliçe!"
Y los tres jardineros se escabulleron al instante
Ve üç bahçıvan hemen koşarak uzaklaştı
Y se arrojaron de bruces
ve kendilerini yüzüstü yere attılar
Se oyó el sonido de muchos pasos
Birçok ayak sesi duyuldu
Alicia miró a su alrededor, ansiosa por ver a la reina
Alice kraliçeyi görmek için sabırsızlanarak etrafına bakındı
Al comienzo de la procesión había diez soldados
Alayın başında on asker vardı
Sus manos y pies estaban en las esquinas
Elleri ve ayakları köşelerdeydi
y en sus manos y pies había garrotes
ve ellerinde ve ayaklarında sopalar vardı
Luego vinieron los diez cortesanos
Sonra on saray mensubu geldi
Los cortesanos estaban adornados con diamantes
Saray mensuplarının her tarafı elmaslarla süslenmişti
Después de los cortesanos venían los hijos reales
Saray mensuplarından sonra kraliyet çocukları geldi
Eran diez los hijos de la realeza
Kraliyet çocuklarından on tane vardı
y todos los niños reales estaban adornados con corazones
ve tüm kraliyet çocukları kalplerle süslendi
Luego vinieron los invitados; en su mayoría reyes y reinas
Sonra misafirler geldi; Çoğunlukla krallar ve kraliçeler
y entre los reyes y la reina, Alicia vio a alguien
ve krallar ve kraliçe Alice arasında birini gördü
Volvió a ver al conejo blanco que había perseguido
Kovaladığı beyaz tavşanı tekrar gördü

La procesión fue seguida por la sota de los corazones
Alay, kalplerin knave'sini takip etti
Llevaba la corona del rey
Kralın tacını taşıyordu
y la corona del rey estaba sobre un cojín de terciopelo carmesí
Ve kralın tacı kıpkırmızı kadife bir minder üzerindeydi
Y entonces llegó el final de esta gran procesión
Ve sonra bu büyük alayın sonu geldi
Y allí, al final, estaban el Rey y la Reina de Corazones
Ve sonunda Kupaların Kralı ve Kraliçesi vardı
la procesión venía frente a Alicia
alay Alice'in karşısına geldi
Y todos se detuvieron y la miraron
Ve hepsi durdu ve ona baktı
Y la reina dijo severamente: "¿Quién es éste?"
Kraliçe sert bir sesle, "Bu kim?" diye sordu.
Se lo dijo a la Sota de Corazones
Bunu Kalplerin Knave'sine söyledi
Pero él se limitó a hacer una reverencia y a sonreír en respuesta
Ama o sadece eğildi ve cevap olarak gülümsedi
Alicia habló muy cortésmente
Alice çok kibar bir şekilde konuştu
"Mi nombre es Alicia, así que por favor, su majestad"
"Benim adım Alice, bu yüzden lütfen majesteleri"
Pero ella tenía otros pensamientos para sí misma
Ama kendine başka düşünceleri vardı
"¡Después de todo, son solo un mazo de cartas!"
"Ne de olsa onlar sadece bir deste kart!"
"¿Sabes jugar al croquet?", gritó la reina
"Kroket oynayabilir misin?" diye bağırdı kraliçe
Era evidente que la pregunta iba dirigida a Alicia
Soru belli ki Alice içindi
-¡Sí! -dijo Alicia en voz alta-
"Evet!" dedi Alice yüksek sesle
—¡Ven a jugar! —rugió la reina—

"Gel o zaman oyna!" diye kükredi kraliçe
una voz tímida le habló a Alicia
ürkek bir ses Alice'e konuştu
"¡Es un día muy hermoso!"
"Çok güzel bir gün!"
Caminaba junto al conejo blanco
Beyaz tavşanın yanından geçiyordu
y el Conejo Blanco la miraba ansiosamente a la cara
ve Beyaz Tavşan endişeyle onun yüzünü gözetliyordu
—Un día muy bueno —confirmó Alicia—
"Gerçekten çok güzel bir gün," diye onayladı Alice
—¿Dónde está la duquesa?
"Düşes nerede?"
"¡Silencio! ¡Silencio!", dijo el Conejo
"Şş Sus!" dedi Tavşan
"Está condenada a muerte"
"İdam cezası altında"
—¿Por qué la ejecutan? —preguntó Alicia
"Ne için idam ediliyor?" diye sordu Alice
**—Le ha rayado las orejas a la reina —empezó a decir el
conejo—**
"Kraliçenin kulaklarını ovuşturdu," diye başladı tavşan
—gritó la Reina con voz de trueno—
Kraliçe gök gürültüsü gibi bir sesle bağırdı
"¡Vayan a sus lugares!"
"Yerlerinize gidin!"
Y la gente empezó a correr en todas direcciones
Ve insanlar her yöne koşmaya başladılar
y todos tropezaron unos con otros
Ve hepsi birbirine çarptı
Sin embargo, se calmaron en uno o dos minutos
Ancak bir veya iki dakika içinde yerleştiler
Y entonces comenzó el juego
Ve sonra oyun başladı
Alicia nunca había visto un campo de croquet tan curioso
Alice hiç bu kadar ilginç bir kroket zemini görmemişti
La hierba era todo crestas y surcos

Çimlerin hepsi sırtlar ve oluklardı
Las bolas de croquet eran erizos de verdad
Kroket topları gerçek kirpiydi
y los mazos eran flamencos de verdad
Ve tokmaklar gerçek flamingolardı.
Y los soldados se pusieron de pie sobre sus manos y sus pies
Askerler elleri ve ayakları üzerinde durdular
porque los arcos estaban hechos de sus cuerpos
Çünkü kemerler vücutlarından yapılmıştır
Todos los jugadores jugaron a la vez
Oyuncuların hepsi aynı anda oynadı
Nadie esperó su turno
Kimse sırasını beklemedi
y todos se peleaban con todos
Ve herkes herkesle kavga etti
y todos luchaban por los erizos
Ve hepsi kirpi için savaşıyordu
Pronto la reina se vio presa de una furiosa pasión
Kısa süre sonra Kraliçe öfkeli bir tutku içindeydi
Y empezó a patalear y a gritar
Ve etrafta dolaşmaya ve bağırmaya başladı
"¡Córtale la cabeza!"
"Kafasını kes!"
"¡Córtale la cabeza!"
"Kafasını kes!"
"¡Córtale la cabeza a todos!"
"Bütün kafalarını kes!"
De nuevo Alicia pensó para sí misma
Alice bir kez daha kendi kendine düşündü
"Son terriblemente aficionados a decapitar a la gente aquí"
"Buradaki insanların kafasını kesmeyi çok seviyorlar"
"¡La gran maravilla es que quede alguien vivo!"
"En büyük mucize, hayatta kalan birinin olması!"
Buscaba alguna vía de escape
Bir kaçış yolu arıyordu
Notó una curiosa apariencia en el aire
Havada meraklı bir görünüm fark etti

«Es el gato de Cheshire», se dijo a sí misma
"Bu Cheshire kedisi," dedi kendi kendine
"Ahora tendré a alguien con quien hablar"
"şimdi konuşacak birileri olacak"
—¿Cómo te va? —preguntó el gato
"Nasılsın?" dedi kedi
—No creo que jueguen nada limpio —dijo Alicia—
"Hiç de adil bir şekilde oynadıklarını düşünmüyorum," dedi
Alice
Y tenía un tono bastante quejumbroso
Ve oldukça şikayetçi bir ses tonu vardı
"Todos se pelean tan terriblemente"
"Hepsi çok korkunç bir şekilde kavga ediyor"
"Uno no se oye hablar"
"İnsan kendini konuştuğunu duyamıyor"
"Y no parecen jugar con ninguna regla"
"Ve herhangi bir kurala göre oynamıyor gibi görünüyorlar"
el gato le hizo una pregunta a Alicia en voz baja
kedi Alice'e kısık bir sesle bir soru sordu
—¿Qué te parece la reina?
"Kraliçeyi nasıl buldun?"
—No me gusta nada —dijo Alicia—
"Ondan hiç hoşlanmıyorum," dedi Alice

Alicia pensó que sería mejor que volviera
Alice geri dönebileceğini düşündü
Quería ver cómo iba el partido
Oyunun nasıl gittiğini görmek istedi
Se fue en busca de su erizo
Kirpisini aramak için yola çıktı
El erizo estaba ocupado luchando contra otro erizo
Kirpi başka bir kirpi ile savaşmakla meşguldü
Esta fue una excelente oportunidad
Bu mükemmel bir fırsattı
Podía hacer croquet a un erizo con el otro
Bir kirpiyi diğeriyle kroketleyebilirdi
Pero su flamenco estaba al otro lado del jardín
Ama flamingosu bahçenin diğer tarafındaydı
El flamenco era bastante torpe
Flamingo oldukça beceriksizdi
Su flamenco intentaba volar hacia un árbol
Flamingo köpeği bir ağaca doğru uçmaya çalışıyordu
Atrapó al flamenco por la pierna
Flamingoyu bacağından yakaladı
Y guardó el flamenco bajo el brazo
Ve flamingoyu kolunun altına soktu
De esa manera, el flamenco no pudo escapar de nuevo
Bu şekilde flamingo bir daha kaçamazdı
Justo en ese momento Alicia se encontró con la duquesa
Tam o sırada Alice düşesle tanıştı
La duquesa ya había salido de la cárcel
Düşes artık hapisten çıkmıştı
Metió cariñosamente su brazo bajo el brazo de Alicia
Kolunu sevgiyle Alice'in kolunun altına soktu
Y luego se fueron juntos
Ve sonra birlikte yürüdüler
Alicia se alegró mucho de encontrarla de tan buen humor
Alice, onu bu kadar hoş bir huyda bulduğu için çok mutluydu
Sin embargo, estaba un poco asustada
Ancak biraz şaşırmıştı
Oyó la voz de la duquesa cerca de su oído

Düşesin sesini kulağına yakın bir yerde duydu
"Estás pensando en algo, querida"
"Bir şey düşünüyorsun canım"
"Y eso hace que te olvides de hablar"
"Ve bu sana konuşmayı unutturuyor"
—El juego va bastante mejor ahora —dijo Alicia—
"Oyun şimdi daha iyi gidiyor," dedi Alice
Era una forma de mantener la conversación
Sohbeti devam ettirmenin bir yoluydu
-Así es -dijo la duquesa-
"Gerçekten de öyle," dedi Düşes
"Y la moraleja de eso es esta:"
"Ve bundan çıkarılacak ders şudur:"
"¡Es el amor el que lo hace todo!"
"Her şeyi yapan aşktır!"
"El amor es lo que hace que el mundo gire"
"Aşk, dünyayı döndüren şeydir"
Alicia tenía otra explicación
Alice'in başka bir açıklaması vardı
**"¡Lo hace todo el mundo ocupándose de sus propios
asuntos!"**
"Bu, herkesin kendi işine bakması tarafından yapılır!"
—¡Ah, bueno! Podrías tener razón"
"Ah, peki! Haklı olabilirsin"
-Todo significa lo mismo -dijo la duquesa-
"Hepsi aynı anlama geliyor," dedi Düşes
y hundió su afilada barbilla en el hombro de Alicia
ve keskin küçük çenesini Alice'in omzuna soktu
"Y la moraleja de eso es esta"
"Ve bunun ahlaki yönü şudur"
"Cuida el sentido"
"Duyuya iyi bak"
"Y entonces los sonidos se encargarán de sí mismos"
"Ve sonra sesler kendi başının çaresine bakacak"
Pero entonces el brazo de la duquesa empezó a temblar
Ama sonra düşesin kolu titremeye başladı
Alicia alzó la vista y allí estaba la reina

Alice başını kaldırdı ve kraliçe orada duruyordu
La reina tenía los brazos cruzados
Kraliçe kollarını kavuşturmuştu
¡Y ella fruncía el ceño como una tormenta eléctrica!
Ve bir fırtına gibi kaşlarını çattı!
—Te advierto —gritó la reina—
"Seni adil bir şekilde uyarıyorum," diye bağırdı kraliçe
Y pisoteó el suelo mientras hablaba
Ve konuşurken yere bastı
"O tu cabeza o la suya deben estar cortadas"
"Ya senin kafan ya da onun kafası kapalı olmalı"
"¡Toma tu decisión!"
"Seçimini yap!"
"Y ser rápido al respecto"
"Ve bu konuda hızlı olun"
La duquesa hizo su elección
Düşes seçimini yaptı
Y al cabo de un instante la duquesa se fue
Ve bir dakika içinde düşes gitti
Entonces la reina le habló a Alicia
Sonra kraliçe Alice ile konuştu
"Sigamos con el juego"
"Hadi oyuna devam edelim"
Alicia estaba demasiado asustada para decir una palabra
Alice tek kelime edemeyecek kadar korkmuştu
Y la siguió lentamente hasta el campo de croquet
Ve yavaşça onu kroket alanına kadar takip etti
Todo el tiempo la Reina se peleó con los otros jugadores
Bütün zaman boyunca kraliçe diğer oyuncularla tartıştı
"¡Córtale la cabeza!"
"Kafasını kes!"
"¡Córtale la cabeza!"
"Kafasını kes!"
"¡Córtale la cabeza a todos!"
"Bütün kafalarını kes!"
Pronto todos los jugadores estaban bajo custodia
Kısa süre sonra tüm oyuncular gözaltına alındı

solo quedaron el rey, la reina y Alicia
sadece kral, kraliçe ve Alice kaldı
Entonces la reina se marchó, casi sin aliento
Sonra kraliçe nefes nefese kaldı
y se fue con Alicia
ve Alice ile birlikte uzaklaştı
Alicia oyó que el rey decía algo en voz baja
Alice, kralın sessizce bir şeyler söylediğini duydu
"Estáis todos perdonados"
"Hepiniz affedildiniz"
Pero de repente se oyó otro grito
Ama aniden başka bir çığlık duyuldu
"¡El juicio está comenzando!"
"Duruşma başlıyor!"
y Alicia corrió con los demás
ve Alice de diğerleriyle birlikte koştu

¿Quién robó las tartas?
Turtaları kim çaldı?
El rey y la reina de corazones estaban sentados
Kalplerin kralı ve kraliçesi oturuyordu
estaban en su trono cuando llegó Alicia
Alice geldiğinde tahtlarındaydılar
Había una gran multitud reunida a su alrededor
Etraflarında büyük bir kalabalık toplanmıştı
Había todo tipo de pajaritos y bestias
Her türden küçük kuş ve canavar vardı
Y allí estaba toda la baraja de cartas
Ve bütün bir kart destesi vardı
La sota estaba de pie frente a ellos, encadenada
Soylu önlerinde zincire vurulmuş duruyordu
y había un soldado a cada lado para custodiarlo
ve her iki yanında onu korumak için bir asker vardı
cerca del Rey estaba el conejo blanco
Kralın yanında beyaz tavşan vardı
Tenía una trompeta en una mano
Bir elinde trompet vardı
y tenía un rollo de pergamino en la otra mano
Diğer elinde bir parşömen tomarı vardı
En el centro del patio había una mesa
Avlunun tam ortasında bir masa vardı
Sobre la mesa había un gran plato de tartas
Masanın üzerinde büyük bir tabak turta vardı
«Ojalá hicieran el juicio», pensó Alicia
"Keşke denemeyi bitirselerdi," diye düşündü Alice
—¡Entonces podríamos comer algunos de esos refrescos!
"O zaman o içeceklerden biraz yiyebiliriz!"

El juez, por cierto, era el rey
Bu arada yargıç kraldı
y llevaba su corona sobre su gran peluca
Ve tacını büyük peruğunun üzerine taktı
«Ésa es la tribuna del jurado», pensó Alicia
"İşte jüri kutusu," diye düşündü Alice
"Y esas doce criaturas, supongo que son los miembros del jurado"
"ve bu on iki yaratık, sanırım onlar jüri üyeleri"
algunos eran animales y otros eran pájaros
Bazıları hayvandı, bazıları kuştu
En ese momento el conejo blanco gritó
Tam o sırada beyaz tavşan bağırdı
"¡Silencio en la corte!"
"Mahkemede sessizlik!"
"¡Heraldo, lee la acusación!", dijo el rey
"Müjdeci, suçlamayı oku!" dedi kral
El Conejo Blanco tocó tres veces la trompeta
Beyaz tavşan trompette üç patlama yaptı
Luego desenrolló el rollo de pergamino
Sonra parşömen parşömenini açtı
Y leyó lo siguiente:

Ve şöyle okudu:

"La reina de corazones, hizo unas tartas"

"Kalplerin kraliçesi, biraz turta yaptı"

"Todo esto lo hizo en un día de verano"

"Bütün bunları bir yaz gününde yaptı"

"La sota de los corazones, robó esas tartas"

"Gönüllerin ustası, o turtaları çaldı"

—¡Y se llevó esas tartas muy lejos!

"Ve o turtaları çok uzaklara götürdü!"

—Llama al primer testigo —dijo el rey—

"İlk tanığı çağırın," dedi kral

y el conejo blanco tocó tres veces la trompeta

Ve beyaz tavşan trompette üç patlama yaptı

"¡Traigan al primer testigo!", gritó

"İlk tanığı getirin!" diye bağırdı

El primer testigo fue el sombrerero

İlk tanık şapka yapımcısıydı

Entró con una taza de té en una mano

Bir elinde çay fincanı ile içeri girdi

Y tenía un pedazo de pan con mantequilla en la otra mano

Diğer elinde de bir parça ekmek ve tereyağı vardı

—Tendrías que haber terminado —dijo el rey—

"Bitirmeliydin," dedi Kral

—¿Cuándo empezaste?

"Ne zaman başladın?"

El sombrerero miró a la liebre de marcha

Şapkacı yürüyüş tavşanına baktı

La Liebre de Marzo lo había seguido hasta el patio

Mart tavşanı onu mahkemeye kadar takip etmişti

Había caminado del brazo del lirón

Fındık faresi ile kol kola yürümüştü

—El catorce de marzo, creo que fue —dijo—

"Sanırım Mart'ın on dördüydü," dedi

—Da tu testimonio —dijo el rey—

"Kanıtını ver," dedi kral

"Y no te pongas nervioso, o te haré ejecutar en el acto"

"ve gergin olma, yoksa seni oracıkta idam ettiririm"

Esto no pareció animar en absoluto al testigo
Bu, tanığı hiç cesaretlendirmiyor gibi görünüyordu
Seguía moviéndose de un pie al otro
Bir ayağından diğerine geçmeye devam etti
Y miró inquieto a la reina
Ve huzursuz bir şekilde kraliçeye baktı
Y, en su confusión, mordió un gran trozo de su taza de té
Ve şaşkınlık içinde çay fincanından büyük bir parça ısırdı
En realidad, tenía la intención de morder de su pan y mantequilla
Gerçekten ekmeğinden ve tereyağından ısırmak istedi
Justo en ese momento, Alicia sintió una sensación muy curiosa
Tam o anda Alice çok tuhaf bir his hissetti
Empezaba a crecer de nuevo
Tekrar büyümeye başlamıştı
Al miserable sombrerero se le cayó la taza de té
Sefil şapkacı çay fincanını düşürdü
y el pan y la mantequilla cayeron al suelo
Ve ekmek ve tereyağı yere düştü
Y cayó sobre una rodilla
Ve tek dizinin üzerine çöktü
—Soy un pobre hombre, majestad —comenzó—
"Ben fakir bir adamım, majesteleri," diye başladı
—Eres un orador muy malo —dijo el rey—
"Sen çok kötü bir konuşmacısın," dedi kral
—Puedes irte —dijo el rey—
"Gidebilirsin," dedi kral
Y el sombrerero abandonó apresuradamente el patio
Ve şapkacı aceleyle mahkemeyi terk etti
—¡Llama al próximo testigo! —dijo el rey—
"Bir sonraki tanığı çağırın!" dedi kral
El siguiente testigo fue el cocinero de la duquesa
Bir sonraki tanık düşesin aşçısıydı
Llevaba la caja de pimienta en la mano
Biber kutusunu elinde taşıyordu
Y la gente que estaba cerca de la puerta empezó a estornudar

de repente
Ve kapının yanındaki insanlar bir anda hapşırmaya başladılar
—Da tu testimonio —dijo el rey—
"Kanıtını ver," dedi kral
-No daré ninguna prueba -dijo el cocinero-
"Hiçbir kanıt sunmayacağım," dedi aşçı
El rey miró ansiosamente al conejo blanco
Kral endişeyle beyaz tavşana baktı
Y el conejo blanco habló en voz baja
Ve beyaz tavşan sakin bir sesle konuştu
"Su Majestad debe interrogar a este testigo"
"Majesteleri bu tanığı çapraz sorguya çekmelidir"
"Bueno, si debo, debo", dijo el rey
"Eh, eğer yapmam gerekiyorsa, yapmalıyım," dedi kral
"¿De qué están hechas las tartas?"
"Turtalar neyden yapılır?"
—Las tartas están hechas de pimienta, en su mayoría —dijo
el cocinero—
"Turtalar çoğunlukla biberden yapılır," dedi aşçı
Durante algunos minutos, toda la corte estuvo en confusión
Birkaç dakika boyunca tüm mahkeme şaşkınlık içindeydi
Con el tiempo, todos se calmaron de nuevo
Sonunda hepsi tekrar yerleşti
Pero para entonces el cocinero había desaparecido
Ama o zamana kadar aşçı ortadan kaybolmuştu
"¡No importa!", dijo el rey
"Boş ver!" dedi kral
"Llamar al estrado al próximo testigo"
"Bir sonraki tanığı kürsüye çağırın"
Alicia observó al conejo blanco mientras él repasaba a
tientas la lista
Alice, listeyi karıştırırken beyaz tavşanı izledi
Puedes imaginar su sorpresa por lo que escuchó a
continuación
Daha sonra duyduklarına şaşırdığını tahmin edebilirsiniz
con su vocecita estridente, llamó el nombre de «¡Alicia!»
tiz küçük sesinin zirvesinde "Alice!" adını çağırdı.

La evidencia de Alicia
Alice'in kanıtı

-¡Aquí! -exclamó Alicia-
"İşte!" diye bağırdı Alice
Se levantó de un salto a toda prisa
Büyük bir aceleyle ayağa fırladı
Y volcó el estrado del jurado
Ve jüri locasını devirdi
y derribó a todos los miembros del jurado
Ve tüm jüri üyelerini devirdi
y cayeron sobre las cabezas de la muchedumbre de abajo
ve aşağıdaki kalabalığın başlarına düştüler
Alicia estaba muy consternada
Alice büyük bir dehşet içindeydi
"¡Oh, le ruego que me perdone!", exclamó
"Ah, özür dilerim!" diye bağırdı
—El juicio no puede continuar —dijo el rey—
"Dava devam edemez," dedi kral
"Los miembros del jurado deben volver a ocupar su lugar"
"Jüri üyeleri yerli yerlerine dönmeli"
Repitió la orden con gran énfasis
Emri büyük bir vurguyla tekrarladı
y miró a Alicia con severidad
ve Alice'e sert bir şekilde baktı
**—¿Qué sabe usted de estos acontecimientos? —preguntó el
rey a Alicia**
"Bu olaylar hakkında ne biliyorsun?" diye sordu kral Alice'e
—No sé nada sobre el tema —dijo Alicia—
"Bu konuda hiçbir şey bilmiyorum," dedi Alice
Entonces el rey leyó de su libro
Kral daha sonra kitabından okudu
"Regla cuarenta y dos"
"Kural kırk iki"
**"Todas las personas que tengan más de una milla de altura
deben abandonar el tribunal"**
"Bir milden daha yüksek olan herkes mahkemeyi terk etmeli"
—No mido ni una milla de altura —dijo Alicia—

"Bir mil yüksekliğimde değilim," dedi Alice
—Casi dos millas de altura —dijo la Reina—
"Neredeyse iki mil yüksekliğinde," dedi Kraliçe

—Bueno, me niego a ir —dijo Alicia—
"Eh, gitmeyi reddediyorum," dedi Alice
El rey palideció
Kral sarardı
Y cerró apresuradamente su cuaderno de notas
Ve not defterini aceleyle kapattı
"Consideren su veredicto", le dijo al jurado
"Kararınızı düşünün," dedi jüriye
Habló en voz baja y temblorosa
Alçak, titreyen bir sesle konuştu
Entonces habló el conejo blanco
Sonra beyaz tavşan konuştu
"Todavía hay más pruebas por venir"
"Henüz gelecek daha fazla kanıt var"
Y se levantó de un salto a toda prisa
Ve büyük bir aceleyle ayağa fırladı
"Este papel acaba de ser recogido"

"Bu kağıt yeni alındı"
"Parece ser una carta escrita por el prisionero"
"Mahkum tarafından yazılmış bir mektup gibi görünüyor"
Desdobló el papel mientras hablaba
Konuşurken kağıdı açtı
"Al fin y al cabo, no es una carta"
"Sonuçta bu bir mektup değil"
"Lo que era era un conjunto de versos"
"Ne olduğu bir dizi ayetti"
—Por favor, majestad —dijo el bribón—
"Lütfen, majesteleri," dedi usta
"Yo no escribí esos versos"
"O ayetleri ben yazmadım"
"y no pueden probar que yo escribí nada"
"ve hiçbir şey yazdığımı kanıtlayamazlar"
"No hay ningún nombre firmado al final"
"Sonunda imzalı bir isim yok"
El rey le habló a la sota
Kral knave ile konuştu
"Debes haber tenido la intención de causar algún daño"
"Sen bir fitne çıkarmak istemiş olmalısın"
"De lo contrario, habrías firmado con tu nombre como un hombre honrado"
"Aksi takdirde dürüst bir adam gibi imzanızı atardınız"
Hubo un aplauso general
Genel bir el çırpma sesi vardı
Y el rey se volvió hacia el conejo blanco
Kral beyaz tavşana döndü
—Lee los versos —ordenó—
"Ayetleri oku" diye emretti
Hubo un silencio sepulcral en la corte
Mahkemede ölü bir sessizlik vardı
Y el conejo blanco leyó los versos
Ve beyaz tavşan ayetleri okudu
Me dijeron que habías estado con ella
Bana ona gittiğini söylediler
Y me mencionaron a él

Ve ona benden bahsettiler
Ella me dio un buen carácter
Bana iyi bir karakter verdi
Pero ella dijo que yo no sabía nadar
Ama o yüzme bilmediğimi söyledi
Les mandó decir que yo no había ido
Onlara gitmediğim haberini gönderdi
Sabemos que es verdad
Bunun doğru olduğunu biliyoruz
Si ella insistiera en el asunto, ¿qué sería de ti?
Meseleyi devam ettirirse, sana ne olur?
Yo le di uno, ellos le dieron dos
Ona bir tane verdim, iki tane verdiler
Nos diste tres o más
Bize üç veya daha fazlasını verdin
Todos volvieron de él a ti
Hepsi ondan sana döndü
aunque antes eran míos
Daha önce benim olmalarına rağmen
Si yo o ella tuviéramos la oportunidad de serlo
Eğer ben ya da o olma şansım olursa
Si yo o ella estuviéramos involucrados en este asunto
Eğer ben ya da o bu olaya karıştıysam
Él confía en ti para liberarlos
Onları özgür bırakman için sana güveniyor
Exactamente como estábamos
Aynen bizim gibi
Mi idea era que tú habías sido
Benim fikrim şuydu: Sen olmuştun
Antes de que ella tuviera este ataque
Daha önce bu nöbeti geçirdi
Un obstáculo que se interpuso entre
Araya giren bir engel
A Él, y a nosotros mismos, y a
O, kendimiz ve o
No le dejes saber que a ella le gustaban más
En çok onları sevdiğini bilmesine izin verme

Porque esto debe ser para siempre un secreto, guardado de todos los demás

Çünkü bu, her zaman diğerlerinden saklanan bir sır olmalıdır

Este secreto debe seguir siendo un secreto entre tú y yo

Bu sır seninle benim aramda bir sır olarak kalmalı

El rey quedó muy impresionado

Kral çok etkilendi

"Esa es la prueba más importante que hemos escuchado hasta ahora"

"Şimdiye kadar duyduğumuz en önemli kanıt bu"

—No creo que esos versos tengan un átomo de significado — objetó Alicia—

"Bu dizelerin bir anlam atomu taşıdığına inanmıyorum," diye itiraz etti Alice

el rey tenía su propia opinión al respecto

Kralın bu konuda kendi görüşü vardı

"Si no hay significado en esas palabras, eso salva un mundo de problemas"

"Bu kelimelerde bir anlam yoksa, bu bir dünya beladan kurtarır"

"Entonces no necesitamos tratar de encontrar el significado"

"O zaman anlamı bulmaya çalışmamıza gerek yok"

"Que el jurado considere su veredicto"

"Jüri kararını değerlendirsin"

-¡No, no! -dijo la reina-

"Hayır, hayır!" dedi kraliçe

"Primero la sentencia y después el veredicto"

"Önce ceza, sonra karar"

-¡Tonterías y tonterías! -exclamó Alicia en voz alta-

"Saçmalık ve saçmalık!" dedi Alice yüksek sesle

"¡Qué tontería es sentenciar al acusado primero!"

"Önce sanığı mahkum etmek ne kadar aptalca!"

—¡Cállate la lengua! —dijo la reina, poniéndose morada—
"Dilini tut!" dedi kraliçe, morararak
-¡No me callaré! -exclamó Alicia-
"Dilimi tutmayacağım!" dedi Alice
—gritó la Reina a voz en cuello—
Kraliçe avazı çıktığı kadar bağırdı
"¡Córtale la cabeza!"
"Kafasını kes!"
Nadie hizo un movimiento
Kimse bir hareket yapmadı
-¿A quién le importa lo que digas? -dijo Alicia-
"Ne dediğin kimin umurunda?" dedi Alice
Para entonces ya había crecido hasta alcanzar su tamaño completo
Bu zamana kadar tam boyutuna ulaşmıştı
"¡No eres más que un mazo de cartas!"
"Sen bir deste karttan başka bir şey değilsin!"
Al oír esto, todas las cartas se alzaron en el aire
Bunun üzerine tüm kartlar havaya kalktı
Y todas las cartas cayeron volando sobre ella

Ve tüm kartlar onun üzerine uçtu
Ella dio un pequeño grito
Küçük bir çığlık attı
Estaba medio asustada, pero también enojada
Yarı korkmuştu ama aynı zamanda kızgındı
Y trató de quitarse las cartas de encima
Ve kendi üzerindeki kartlarla savaşmaya çalıştı
Y entonces se encontró tendida en el banco de hierba
Sonra kendini çimlerin kıyısında yatarken buldu
Su cabeza estaba en el regazo de su hermana
Başı kız kardeşinin kucağındaydı
Algunas hojas muertas habían caído en su cara
Yüzüne bazı ölü yapraklar düşmüştü
Y su hermana estaba cepillando suavemente las hojas
Ve kız kardeşi yaprakları nazikçe fırçalıyordu
-¡Despierta, querida Alicia! -dijo su hermana-
"Uyan Alice, canım!" dedi kız kardeşi
—¡Qué sueño tan largo has tenido!
"Ne kadar uzun bir uyku çektin!"
-¡Oh, he tenido un sueño tan curioso! -exclamó Alicia-
"Ah, çok tuhaf bir rüya gördüm!" dedi Alice
Y le contó a su hermana todo lo que podía recordar
Ve kız kardeşine hatırlayabildiği her şeyi anlattı
todas las extrañas aventuras sobre las que acabas de leer
Az önce okuduğun tüm garip maceralar
Alicia se levantó y salió corriendo
Alice ayağa kalktı ve kaçtı
Y pensó, mientras corría, en su sueño
Ve koşarken hayalini düşündü
—¡Qué sueño tan maravilloso había sido!
"Ne harika bir rüyaydı!"

www.tranzlaty.com

www.ingramcontent.com/pod-product-compliance
Lightning Source LLC
Chambersburg PA
CBHW011051190726
48290CB00011B/3101